Rena Brauné

GEFÄHRLICHE LEBENSLÜGEN

Rena Brauné: Gefährliche Lebenslügen

Die Geschichten mit ihren Personen, Namen, Handlungen und Ereignissen sind frei erdacht. Ähnlichkeiten mit der Wirklichkeit sind zufällig und unbeabsichtigt.

Cover-Gestaltung: Rena Brauné

© Rena Brauné, 2021

Alle Rechte vorbehalten

Autoren-Kontakt: renabraune@mail.de

Herstellung und Verlag: BoD – Books on Demand, Norderstedt

ISBN 978-3-7534-5964-6

Inhalt

Mein Dankeschön geht dieses Mal an mehrere Personen: Ingrid, Susanne, Dieter und Armin, euch allen möchte ich ein dickes Dankeschön sagen. Ohne euch wäre ich hilflos.

Rena Brauné

Lebenslüge

Frank grunzt unwillig, als er sein Haus betritt. Schon wieder ein Brief von Annis Schwester. Warum geben sie nicht endlich Ruhe. Er hat ihnen klipp und klar gesagt, Anni will nichts mehr mit der Familie zu tun haben. Sie sollten das doch akzeptieren, vor allem die aufdringliche Schwester. Sicher will sie nur wieder etwas von Anni haben. Unter dem Mantel, >*wir sind doch eine Familie*<.

Er kann das nicht mehr hören. Es wächst ihm langsam alles über den Kopf. Das Telefon nimmt er schon lange nicht mehr ab, genauer gesagt seit Weihnachten. Hastig reißt er den Brief auf. Fragen über Fragen. Wieso, weshalb, warum sie sich nicht meldet. Das wäre doch sicher nicht ihre Idee, mit der Familie zu brechen, „bestimmt hat Frank die Schuld. Er war ja immer eifersüchtig auf den guten Zusammenhalt. Bitte melde dich, damit

5

wir wissen, dass es dir gut geht. In drei Tagen
bin ich in Hamburg, ich werde bei dir vorbei-
kommen und solange klingeln, bis du mir die
Tür öffnest. Sonst rufe ich die Polizei. Deine
dich liebende Schwester Karin".

Frank schnaubt vor Wut. „Was bilden die
sich eigentlich ein. Alles nur Schmarotzer.
Aber nicht mit mir", schreit er sein Spiegelbild
im Flur an. Angeekelt wendet er sich ab.
Was er sieht, ist kaum zu ertragen. „Ja, sieh
endlich den Tatsachen ins Auge", scheint sein
Spielbild spöttisch zu sagen, „du siehst
entsetzlich aus. Kein Wunder, dass Anni nicht
mit dir sprechen will." Er brüllt seinem
Spiegelbild zu: „Ja, ich bin ein Schwein!"

Murmelnd schlurft er in die Küche und prallt
entsetzt zurück. Schmutziges Geschirr und
verkrustete Töpfe stapeln sich, in der
Bratpfanne ein Rest festgebrannter Kartoffeln.
Der Mülleimer quillt über und ein fauliger
Geruch liegt in der Luft. Frank macht
angewidert kehrt.

Auf dem Weg ins Wohnzimmer kommt er erneut am Spiegel vorbei. Er starrt hinein. Er will nicht wahrhaben, was er sieht.

Blutunterlaufene Augen starren ihn an. Seine dunklen Haare, schon mit grau durchzogen, hängen ihm wirr in die Stirn. Der Dreitagebart lässt sein Gesicht schmuddelig wirken. Er, der immer viel Wert auf ein gepflegtes Äußeres gelegt hat, sieht aus wie ein Penner. Wann habe ich zum letzten Mal geduscht, fragt er sich und kann sich nicht erinnern. Wahrscheinlich stinke ich schon. Er holt aus, mit voller Wucht knallt seine Faust in den Spiegel. Das Glas splittert mit einem unangenehmen Knirschen, aber es fällt nicht auseinander.

Der Blick ins Wohnzimmer lässt Frank entsetzt die Augen schließen. In der letzten Zeit verbringt er seine Nächte hier. Die Kissen sind platt gelegen und die Wolldecke hängt halb auf dem Fußboden. Auf dem Tisch liegen zerknüllte Tüten, umgeben von krümeligen

Chips-Resten. Mehrere Pizzakartons stapeln sich neben seinem Sessel. Leere Bierflaschen stehen und liegen auf dem Teppich. Aus einigen Flaschen ist etwas Bier ausgelaufen.

Er hastet zum Fenster, reißt die Vorhänge auf und öffnet die Fenster weit. Dieser Gestank, es würgt ihn vor Ekel. Er ekelt sich vor sich selbst und dass er sich so gehen lässt. Über andere Menschen hatte er früher oft ein schnelles abfälliges Urteil gefällt und den Kontakt sofort abgebrochen, wenn ihm etwas zuwider war. Er hatte sich immer für stark und unverwundbar gehalten. Und jetzt bin ich selbst so ein elender Dreckskerl.

Mit großer Überwindung geht er zurück in die Küche und holt große Müllsäcke, in die er alles, was im Wohnzimmer herumliegt, reinstopft. Sogar die Sofakissen müssen dran glauben, jetzt bei Tageslicht sieht er undefinierbare Flecken darauf. Voller Widerwillen presst er sie in die Säcke. Auch die vertrockneten Blumentöpfe, alte

Zeitungen, eine kleine zerbrochene Porzellanfigur und diverse Socken, die überall herum liegen. In der Küche wird es dann zur Raserei, so wütend ist er. Alles, was auf dem Tisch liegt, fegt er mit Schwung in die Mülltüten. Dass einiges daneben fällt, beachtet er nicht. Mit den Stühlen schimpft und poltert er, als wenn es Lebewesen wären.

Nachdem der größte Teil des Unrats in den Säcken verschwunden ist, lässt er sich erschöpft auf einen Stuhl sinken. Er reißt an seinen Haaren und schlägt sich auf die Wangen. Los, komm zu dir, überleg, was kannst du noch tun, damit die Schwester nicht in ein verschmutztes Haus kommt. Aber zuerst muss ich zu Anni.

„Anni, ich komme", ruft er und stürmt die Treppe zum Schlafzimmer hoch. Vorsichtig öffnet er die Tür. Die Vorhänge sind zugezogen. Die mit einem dünnen roten Tuch abgehängte Nachttischlampe spendet ein zartes Licht. Ein sauberer Duft nach Lavendel

erfüllt das Zimmer. Frank geht auf Zehen-
spitzen zum Bett, in dem Anni
zusammengerollt liegt, und kniet sich an ihre
Seite. Zaghaft legt er seine Hand auf ihren
Arm.

„Bitte, Anni", bettelt er, „sprich mit mir. Ich
halte das nicht mehr aus. Ich weiß ja, dass ich
große Fehler gemacht habe. Wie gerne würde
ich das ungeschehen machen. Können wir
nicht noch einmal zum Anfang zurückgehen.
Ich liebe dich und kann ohne dich nicht sein.
Nur weil ich so große Angst hatte, dich zu
verlieren, konnte das alles geschehen. Ich
wollte dir immer wieder die Wahrheit sagen.
Bitte, bitte rede mit mir, oder schimpfe mit mir,
mir wäre alles recht, nur sag was."

Frank streichelt ihren Arm, vorsichtig fährt
er bis zu Annis Hand hinunter. Er drückt sie
leicht. „Deine Schwester wird kommen. Was
soll ich ihr sagen? Bitte sage es mir. Ich tue
alles, damit du mir verzeihst. Hauptsache, du
sprichst wieder mit mir."

Anni dreht sich in Rückenlage. Franks Hand rutscht von ihr ab. Als er sie wieder auf ihren Arm legen will, schiebt Anni sie weg. Sie öffnet ihre Augen und sagt mit leiser Stimme, aber hartem Klang: „Geh weg! Ich will dich nicht sehen. Ich will keinen sehen. Du hast einen Teil in mir getötet. Das verzeihe ich dir nie." Frank schaut auf seine Anni und erblickt in ihren grünen Augen einen grenzenlosen Hass. Er schaudert und wendet sich bedrückt ab.

Er weiß nicht mehr weiter. Ich brauche doch wohl die Hilfe von Annis Familie, geht es ihm durch den Kopf. Rückwärts tastet er sich aus dem Schlafzimmer. Die hasserfüllten Augen von Anni verfolgen ihn. Er fühlt es körperlich. So viel Hass. Wie konnte es nur so weit kommen?

Langsam, sich am Treppengeländer festklammernd, tastet er sich die Stufen runter. Ihm ist schwindelig und er hat Angst, dass jeden Moment seine Beine unter ihm nachgeben. Schluchzend setzt er sich auf die vorletzte Stufe. Die Tränen fließen über sein Gesicht. Unwirsch wischt er sie immer wieder ab, aber sie lassen sich nicht stoppen.

„Oh, oh, was kann ich bloß machen?", stöhnt er. So kann es jedenfalls nicht mehr weitergehen. Er ist am Ende seiner Kräfte. Langsam beginnt seine Firma unter dem Zustand zu leiden. Erst gestern hat sein Altgeselle, der schon viele Jahre für ihn arbeitet, zu ihm gesagt „Chef, sie bleiben am besten hier im Büro. Zum Kunden können sie so nicht gehen. Und heute kommen auch noch zwei Sachverständige von der Behörde auf die Baustelle. Also nichts für ungut. Sie müssen was machen. Sonst geht alles den Bach runter." Frank hatte das Gefühl, als hätte er Ohrfeigen bekommen.

Er bemerkt in seiner Verzweiflung nicht, dass die Schlafzimmertür leise einen Spalt geöffnet wird. Anni schaut mit traurigem Gesicht auf Frank. Eine ihrer Hände zuckt in seine Richtung, aber mit resignierter Miene lässt sie sie schnell wieder sinken und schließt die Tür vorsichtig wieder. Sie presst die Fäuste auf ihren Mund. Nur nicht das laute Schreien, dass sich in ihrem Kopf aufbaut, herauslassen. Soll er ruhig denken, dass ich ihn hasse und er mir völlig gleichgültig ist. Nein, ich will ihn nicht mehr lieben. Nein, nein nie mehr. Sie schlurft zum Bett und rollt sich darauf hin und her.

Frank erhebt sich taumelnd. Er geht zurück zur Küche. Er will den restlichen Müll beseitigen. Er ist fest entschlossen, der schlampigen Schweinerei ein Ende zu setzen. Als er am Spiegel vorbeikommt, riskiert er nur einen Blick. Große und kleine Sprünge lassen nicht mehr viel von seinem Gesicht erkennen. Aber der Spiegel hält noch zusammen. Nicht ein einziges Stück ist heraus gefallen. Das könnte ein Zeichen sein, überlegt Frank, bei Anni und mir muss es doch noch eine Verbindung geben.

Als er den zerknüllten Brief auf der Flurkommode sieht, versucht er sich zu erinnern. An welchem Tag wollte die Schwester kommen? Von wann war der Brief? Ich habe schon tagelang den Briefkasten nicht geleert. Er streicht den Brief glatt und vergleicht das angekündigte Ankunftsdatum mit dem Kalender. Oh verdammt, sie wird heute eintreffen. In seinen Kopf rasen die Gedanken. Was soll ich ihr nur sagen?

Frank beginnt, in der Küche alles feucht abzuwischen und die restlichen kaputten Teile einzusammeln. Sogar den Fußboden wischt er. Er hat das Gefühl, alles klebt. Erschöpft lässt er sich auf einen Küchenstuhl fallen und seine Gedanken gehen fünf Jahre zurück, da hatte er Anni kennengelernt.

*

Frank machte damals Urlaub auf Amrum. Er war schon zum dritten Mal hier. Er fühlte sich auf der Insel fast heimisch und das, obwohl er ein absoluter Einzelgänger war. Es war sein zweiter Tag. In der Nacht hatte es stark geregnet. Er war früh aufgestanden, so wie er es gewohnt war. Auch im Urlaub absolvierte er jeden Morgen vor dem Frühstück sein Laufpensum. Auf dem Weg zum Strand lief er an einer Briefträgerin auf einem Fahrrad vorbei. Seine Gedanken waren schon am Meer. Ein lauter Aufschrei ließ ihn stoppen. Er drehte sich um und sah die Postbotin samt Fahrrad mitten in einer großen Pfütze stehen.

Es war die einzige Pfütze weit und breit und wohl tiefer und schlammiger, als die Fahrerin vermutet hatte. Mit gespreizten Beinen versuchte sie ihr schwer bepacktes Rad aufrecht zu halten. Ihr Gefährt schwankte schon bedenklich. Sofort sprang Frank ihr zu Hilfe. Kein anständiger Mann lässt doch eine Frau in den Schlamm plumpsen. Gerade noch rechtzeitig konnte er ihr Halt geben.

Zitternd stieg die junge Frau ab. Mit Mühe schoben sie gemeinsam das Fahrrad aufs

Trockene. Sie beide waren mit Schlamm bespritzt. Ihre Schuhe und Hosen waren versaut, ihre Gesichter braun gesprenkelt. Sie schauten sich an und lachten. Erst leise, dann immer ausgelassener, bis Anni, so hieß die junge Frau, die Tränen übers Gesicht liefen.

Frank schaute in hellgrüne Augen, wie Katzenaugen dachte er. Rote Kringellocken umrahmten ein feines Gesicht mit Sommersprossen auf der Nase. Er war sofort hin und weg. Gleich für den Abend hat er Anni zum Essen eingeladen. Und sie sagte, warum nicht, ja, gerne. Verschmutzt, aber fröhlich winkend fuhr sie weiter. Später hat sie ihm gestanden, dass sie einen Stich im Herzen und Brennen im Magen gespürt hatte. So etwas hätte sie noch nie erlebt.

Den ganzen Tag war Frank voller nervöser Anspannung. Er konnte sich nicht erklären, was mit ihm los war. In einem bekannten Restaurant hatte er einen Tisch reserviert und Anni und er suchten sich unabhängig voneinander das gleiche Menü aus. Aber sie hatten sich sowieso so viel zu erzählen, dass sie kaum mitbekamen, was sie aßen.

Anni erzählte vom Leben auf der Insel. Frank erfuhr, dass Annis Eltern eine kleine Pension besaßen. Sie hatte vier Geschwister. Eine Schwester, die mithalf in der Pension, mit drei Kindern. Ihre drei Brüder lebten auf dem Festland, auch die hatten schon Kinder. Nur Anni war kinderlos. Ihr Mann, der als Fischer zur See gefahren war, war vor drei Jahren gestorben. Sie selbst hatte eine klitzekleine Wohnung von der Post und half ihren Eltern ebenfalls, wann immer es ging. Sie hätte manchmal davon geträumt, auf dem Festland zu leben. Aber hier wären ihre Freunde und vor allem die Eltern, denen die Arbeit in der Pension zunehmend schwerer fiele. Mit ihren Geschwistern und ihren Neffen und Nichten hätte sie ein inniges Verhältnis. „Wir streiten zwar manchmal, aber vertragen uns auch wieder." Frank hörte hauptsächlich zu und gab nur ab und zu einen Kommentar. Er konnte sich von ihrem Anblick nicht losreißen. Wenn sie lachte, tanzten auf ihrer Nase die Sommersprossen und es bildeten sich zwei kleine Grübchen in den Wangen.

Nach dem Essen spazierten sie die Promenade entlang. Sie ging nicht an seiner Seite, nein, er hatte den Eindruck, sie tanzte und schwebte neben ihm. Vor ihrer Wohnung platzte es aus ihm heraus „Ich möchte dich heiraten. Ich weiß, wir gehören zusammen." Er war selbst überrascht über diese spontane Erklärung, es musste sein Unterbewusstsein aus ihm gesprochen haben. Anni schaute ihn mit großen erstaunten Augen an. Sie fuhr sich mit beiden Händen durch ihre wilden roten Locken. „Ich soll dich heiraten?", stotterte sie. „Nun mal langsam, so schnell geht es bei der Post nicht." Lachend drehte sie sich um, winkte und rief: „Dann bis morgen!" - „Ja bis morgen", kam es von Frank. Leise summend ging er zurück ins Hotel.

Den restlichen Urlaub sahen sie sich jeden Tag. Für Frank war es schon festgeschrieben, er würde Anni heiraten. Erst drei Tage vor seinem Urlaubsende lernte er ihre Familie kennen. Jetzt waren auch die Brüder mit ihren Frauen und Kindern da, wie jedes Jahr machten sie Urlaub bei den Eltern auf der Insel.

Ganz formell hielt Frank bei Annis Eltern um ihre Hand an. Die ganze Familie war erstaunt und sogar schockiert: Ihre Anni wollte heiraten? Und ausgerechnet einen vom Festland! Was sollte aus den Eltern werden, wenn Anni nicht mehr in der Pension half? Den Brüdern gefiel das überhaupt nicht. Damit hatte keiner gerechnet. Alle hatten geglaubt, Anni würde den Eltern bis zu ihrem Tod zur Seite stehen. Aber die Mutter und die Schwester, Karin, freuten sich über Annis Glück.

Bevor die Brüder ein großes Gezeter anfangen konnten, sagte die Mutter: „Die

Verlobung muss gefeiert werden." Das wurde dann trotz der Vorbehalte der Brüder eine sehr lustige Feier. Nachdem alle auf das Brautpaar angestoßen hatten, wurde gesungen und die Kinder sagten Gedichte auf. Anni weinte vor Glück. Sie drückte die Lütten immer wieder an sich, mit glänzenden, verweinten Augen. Da hätte ich ihr schon die Wahrheit sagen müssen, dachte Frank später oft. Ich konnte da doch sehen, wie sehr sie Kinder liebte. Von Anfang an habe ich sie um ihr Glück betrogen. Ich habe den richtigen Moment verpasst. Nie wäre das alles passiert und ich kann es jetzt nicht wieder gutmachen.

Wie Annis Brüder fuhren auch Anni und Frank von da an jeden Sommer zu ihren Eltern, um auf der Insel Urlaub zu machen. Beim letzten Mal hatte es einen gewaltigen Krach gegeben. Der Grund war Frank. Er war nie richtig angekommen in der Familie. „Du darfst nicht alles so ernst nehmen. In einer Familie gibt es mal Streit, aber man verträgt sich auch wieder. Dafür ist es Familie", hatte Anni hinterher gesagt. Ich hätte auf sie hören sollen, jetzt ist es zu spät, dachte Frank. Dabei hatten wir so ein wunderbares Leben.

Ihre Liebe zueinander war mit der Zeit immer inniger geworden. Ihre Interessen waren gleich. Beide gingen gerne ins Theater und Sport war ein wichtiger Bestandteil in ihrem Leben. Beruflich gab es keine Probleme. Frank hatte seine Elektrofirma selbst aufgebaut und jetzt vier Angestellte. Der Betrieb bekam viele Aufträge, vor allem Innen- und Außenanlagen bei Neubauten. Anni war für die Arbeit im Büro zuständig und teilte die Monteure ein. Immer war sie lustig, alle mochten sie. Wenn mal etwas nicht so klappte, wie es sollte, hatte sie eine so nette Art, die Gemüter zu beruhigen, dass keiner lange böse sein konnte. Sie und Frank ergänzten sich prima.

Frank wusste, dass Anni sich ein Kind wünschte. Sie war schon über dreißig und er über vierzig und sie war der Meinung, nicht mehr viel Zeit zu haben. Nach der Hochzeit hatte Frank sie gebeten: „Bitte lass uns noch zwei Jahre warten, damit wir Zeit für uns haben. Wenn erst ein Kind da ist, wird sich alles ändern." Er hoffte, wenn sie beide es gut miteinander hätten, würde bei Anni der Kinderwunsch vergehen.

Anni hatte damals zugestimmt, wenn auch etwas zögerlich, aber nach zwei Jahren sprach sie immer wieder das Thema Kinder an. Frank sagte: „Ja, setz ruhig die Pille ab. Wir werden uns überraschen lassen."

Weil er ein schlechtes Gewissen dabei hatte, versuchte er, Anni auf seine Weise zu verwöhnen. Wenn sie mit einer Sportkollegin shoppen gehen wollte, gab er ihr immer ein paar Geldscheine extra mit: „Macht euch einen tollen Tag und kauf dir was Schönes."

Aber am liebsten hatte er es, wenn sie gemeinsam etwas unternahmen. Er wollte Anni mit niemandem teilen und war auf alle eifersüchtig, sogar auf ihre Familie. Vielleicht waren das seine seelischen Narben, aus seinem Elternhaus. Frank hatte nie mit jemanden darüber gesprochen, auch mit Anni nicht. Sie hätte ihn wahrscheinlich verstanden. Noch so ein Fehler, den er gemacht hatte. Das wusste er heute. Auch er war mit vier Geschwistern aufgewachsen, genau wie Anni. Frank war der Älteste. Seine Eltern hatten sich nie um ihre Kinder gekümmert, es gab keine Zuneigung oder gar Liebe. Sie wurden als *Brut* und *unnütze Fresser* beschimpft. Von den Mitschülern und Nachbarskindern ernteten die Geschwister nur Verachtung. Sie hatten keine Markenklamotten, alles kam aus dem Secondhand-Shop. „Ihr könnt froh sein, dass ihr immer satt zu essen habt und nicht barfuß laufen müsst", wurde ihnen geantwortet, wenn sie irgendwelche Wünsche anmeldeten.

Oft trafen sich zwielichtige Gestalten bei ihnen zu Hause. Wenn die schon da waren, wenn die Geschwister mittags aus der Schule kamen, war für die Kinder klar: Heute gibt es wieder nichts zu essen. Bei den Saufgelagen trank seine Mutter genauso viel wie der Vater und war nicht abgeneigt, wenn der eine oder andere Mann sie betatschte. Sein Vater sah meistens großzügig darüber hinweg, „Hauptsache, die Kasse stimmt", war sein Kommentar. Die Kinder besuchten dann ihre Oma, die zwei Straßen weiter wohnte. Sie hatte immer eine Kleinigkeit zum Essen für sie, auch wenn sie nur von einer schmalen Rente lebte. Sie schämte sich für ihre Tochter und wäre am liebsten weggezogen.

Frank war gleich nach seiner Lehre zu Hause ausgezogen. Alles hatte er aus eigener Kraft erreicht. Nur sein Meister hatte ihn unterstützt und der hatte ihm auch eine Warnung mit auf den Weg gegeben: „Du bist in deinem Beruf sehr gut, aber privat bist du zu verbissen. Du musst auch mal fünfe gerade sein lassen. Die Kunden wollen lächelnde Gesichter sehen." Frank hatte sich das äußerlich unbewegt angehört. Aber innerlich hatte es in ihm gekocht: Rede du man, meine Zeit ist jetzt, da muss ich doch heute was leisten, später kann ich es immer noch locker angehen lassen.

Aber wann *später* war, das hatte er dann nie erkannt. Keine seiner Beziehungen hielt lange. Den Frauen gefiel es nicht, dass er so viel arbeitete. Außerdem war er besitzergreifend. Nicht mal ihre Freundinnen durften sie treffen, wenn sie keinen Streit mit ihm wollten.

Bevor er Anni kennenlernte, hatte er drei Monate mit einer Frau zusammengelebt, von der er glaubte, sie wäre die Richtige. Immer lustig, jammerte nie über seine wenige Zeit für sie. Im Gegenteil, sie war voller Verständnis.

Eines Tages erklärte sie ihm: „Wir sind schwanger!" Er war überrascht und konnte es nicht fassen, denn er war der Meinung, er hätte immer verhütet. Er fühlte sich überrumpelt und ärgerte sich. Aber dann siegte die Freude. Ja, er wollte Verantwortung übernehmen und eine Familie gründen.

Bis zu dem Tag, an dem er ein Gespräch zwischen dem Lehrling und dem Gesellen mitbekam. Sie hatten ihn nicht bemerkt. Da erfuhr Frank, dass der Geselle und Franks Freundin ein Paar waren. Schon lange, bevor sie sich mit Frank zusammengetan hatte. Der Geselle konnte sich vor Lachen fast nicht beruhigen. „Dieser Idiot denkt tatsächlich, das ist sein Kind. Stell dir vor, bis an sein Lebensende wird er für seine Blödheit zahlen. Nach der Geburt gehen wir zusammen weg. Moni hat schon jede Menge Kohle beiseite geschafft. Das Kind kann er behalten. Da möchte ich mal sein Gesicht sehen."

Der Lehrling fragte entsetzt: „ Wie kanst Du deine Freundin verkaufen? Warum macht ihr das? Das ist unfair und er ist ein guter Chef. Er hat euch doch nichts getan." - „Er ist ein eingebildetes A…gesicht und weiß immer alles besser. Dem muss man mal eins reinwürgen."

Frank hatte genug gehört und trat zu ihnen: „Das eingebildete A...gesicht sagt dir jetzt, was Sache ist. Pack deine Sachen, für dich ist hier Feierabend und deine Moni kannst du gleich mitnehmen. Ich wünsche euch viel Freude mit dem kleinen Balg. Falls du die fristlose Kündigung nicht akzeptierst, zeige ich dich an. Und versuche nicht, es so hinzustellen, dass das nur ein Spaß war, was du eben erzählt hast." Zum Lehrling gewandt sagte er: „Komm, Anton, mit Dreck macht man sich nur schmutzig. Du musst dich mit so jemandem nicht abgeben. Du bist ein feiner Kerl."

Nach diesem Vorfall hatte er sich sterilisieren lassen und wenn er eine Frau kennenlernte, erzählte er gleich, dass er keine Kinder wollte. Die meisten brachen dann sofort die Beziehung ab, denn sie wollten Kinder, eine Familie. So blieb es bei kurzen

Liebeleien mit Frauen, die sich nicht binden wollten.

Frank schon fast ein Jahr Single, als er Anni kennenlernte. Er wünschte sich Anni so sehr zur Frau, dass er Angst hatte, ihr zu erklären, er wolle keine Kinder. Erst recht konnte er ihr nicht sagen, dass er sterilisiert war. Denn dann würde sie ihn ganz bestimmt nicht nehmen, er sah ja, wie sie ihre Nichten und Neffen liebte.

Dass er Anni davon nichts gesagt hatte, war Auslöser für alles, was danach kam. Auch für den schweren Streit im letzten Sommerurlaub. Dabei fing alles ganz harmlos an. Annis Brüder hatten gefrotzelt: „Na, noch immer keinen Nachwuchs, wohl nur heiße Luft in der Hose?"

Die Frotzelei störte ihn nicht weiter. Auch wenn ihn das schlechte Gewissen plagte, als er sah, wie glücklich Anni inmitten der Kinderschar ihrer Geschwister war. Aus der Fassung geriet er erst, als die Brüder ihn

aufforderten – aufforderten, nicht etwa baten!
–, er solle den großen Kühltresen im Kiosk
am Strand reparieren und hinzusetzten: „Oder
kannst du das auch nicht?", gefolgt von nicht
enden wollendem Gelächter.

Das war zu viel. Er guckte den Kühltresen
nicht einmal an. Erst großes Erstaunen bei
den Brüdern, dann Empörung, Beleidigungen
und Anschuldigungen: „Alles hier nimmst du
umsonst. Du lässt dich bedienen von vorne
bis hinten, Anni kommandierst du rum wie
eine Magd. Du hast für keinen von uns ein
gutes Wort und denkst, du hast die Weisheit
gepachtet. Du bist ein eingebildetes A…loch!"

Dass er alles umsonst genommen haben
sollte, brachte bei Frank das Fass zum
Überlaufen, denn niemand konnte ihm
nachsagen, er wäre ein Nassauer. Immer
hatte er bei seinen Schwiegereltern einige
große Scheine in die Keksdose gelegt, die als
Haushaltskasse diente, und immer mehr, als
die Übernachtung im Hotel gekostet hätte.

Nein, er würde keine Minute länger als nötig hierbleiben, Sie würden abreisen, Anni musste sofort ihre Sachen packen.

Vor der Familie hatte Anni zu ihm gestanden, aber beim Kofferpacken bat sie ihn: „Bitte, Frank, lass uns noch einmal in Ruhe mit ihnen reden. Gib dir doch ein wenig Mühe, es ist ja nur für die Ferien. Ich möchte mit meiner Familie im Gutem sein."

„Warum soll nur ich mir Mühe geben? Ich habe dich geheiratet und nicht die ganze Familie. Außerdem habe ich Urlaub und möchte nicht immer den Hanswurst geben. Immer haben sie einige Reparaturen für mich aufbewahrt. Als wenn es keinen Elektriker auf der Insel gibt. Und was machen deine Brüder? Nichts! Nein, was zu viel ist, ist zu viel. Es reicht mir. Du kannst ja hier bleiben, wenn du mir in den Rücken fallen willst!" Er sah ihr kurzes Zögern, dann packte sie weiter: „Nein, wir gehen zusammen. Jetzt ist die Stimmung sowieso zu aufgeheizt."

Als Anni dann von zu Hause aus mit den Eltern telefonierte, bat sie sie um Verständnis für Franks Verhalten und die überstürzte Abreise. Das käme nur davon, weil Frank in seiner Firma so viel Arbeit hätte. Er wäre einfach überarbeitet. Und sie bat ihre Schwester bei ihrem wöchentlichen Telefongespräch, mit den Brüdern zu sprechen.

Zu Frank sagte sie: „Mit der Pension und dem kleinen Kiosk kommen die Eltern gerade so über die Runden, aber Extra-Ausgaben für Handwerker sind nicht so ohne weiteres drin. Du bist doch ihr Schwiegersohn, man hilft sich doch in der Familie. Die Eltern hatten es nicht leicht, immerhin haben sie fünf Kinder großgezogen, und außerdem werden sie allmählich alt."

Da, als sie die Kinder erwähnte, hätte Frank einhaken und Anni beichten können, dass er ihr seine Sterilisation verschwiegen hatte, aber wieder verpasste er die Chance.

War es Neid oder Eifersucht auf ihre intakte Familie, dass er immer wütend wurde, wenn Anni nur das Wort Familie erwähnte? Oft sprach er jetzt abfällig über ihre Familie: „Na ja, die Insulaner, was wissen die schon vom wahren Leben." Das war noch das Harmloseste, seine Auslassungen über Insulaner wurden immer gehässiger. Er verbot Anni sogar, so oft mit ihrer Schwester zu telefonieren, mit der Begründung: „Die hetzt gegen mich." Anni konnte es nicht fassen. Erst hatte sie noch versucht, ihm zu erklären, wie es war, auf einer Insel zu leben. Als sie merkte, dass Frank ihr überhaupt nicht zuhörte, gab sie auf und sprach nur noch das Nötigste mit ihm. Und sie kaufte sich ein Handy, um weiter mit ihrer Schwester telefonieren zu können, ohne dass Frank sich aufregte.

Fünf Jahre waren die beiden jetzt verheiratet und bisher war Anni der Meinung gewesen, dass es eine gute Zeit war. Auch die

Firma lief gut, es gab keine finanziellen Probleme, beide waren sie gesund.

Ihr ging durch den Kopf, dass Franks Wunsch nach Kindern vielleicht größer war, als er ihr gegenüber zugab. Die ersten zwei Ehejahre waren so schnell verflogen, dass sie selbst nicht an ihren Kinderwunsch gedacht hatte. Seit sie die Pille abgesetzt hatte, hatte sie sich allerdings schon oft gefragt, warum sie nicht schwanger wurde. Jeden Monat die gleiche Enttäuschung. Es liegt mit Sicherheit an mir, hatte sie gedacht. Sie mochte Frank nicht darauf ansprechen, um nicht weitere Wunden aufzureißen. Vielleicht war seine geheime Sehnsucht nach einem eigenen Kind auch der Grund dafür, dass er zu seiner Familie keinen Kontakt hielt? Sie kannte nur einen Bruder, alle weiteren Verwandtschaftsbesuche hatte er immer brüsk abgelehnt. Anni hatte am Anfang ihrer Ehe erstaunt gefragt: „Warum, was ist denn passiert?" - „Ach, lass", hatte Frank ihr unwirsch geantwortet, „sie wollen alle nur Geld, immer nur Geld. Das ist, das Einzige, was bei ihnen zählt." Von dem Bruder hatte Anni nicht den Eindruck, dass er Geld wollte. Er strahlte eine Zufriedenheit aus, wie es nur bei glücklichen Menschen möglich ist. Er ließ sich von Franks schroffem Verhalten nicht abschrecken. In Abständen kam er vorbei, brachte Gemüse oder Obst aus seinem Garten mit und Fotos von seinen Kindern. „Sieh mal", sagte er, „genauso sahen wir damals aus. Alles wiederholt sich, nur dass es meinen Kindern besser geht als uns damals. Du musst endlich auch die Vergangenheit begraben. Wir sind nicht wie unsere Eltern." Deshalb meinte Anni, dass es Frank wohl schmerzte, dass sie keine Kinder hatten. Irgendwann würden sie darüber reden müssen, das war Anni klar.

Nach Franks großem Streit mit ihren Brüdern glaubte sie, jetzt wäre der richtige Zeitpunkt. Sie hatte aber noch nicht einmal zu

Ende gesprochen, als Frank ihr grob über den Mund fuhr. Sie solle aus einer Mücke keinen Elefanten machen. Sie wären doch auch ohne Kinder glücklich. Sie wolle ihm nur Schuldgefühle einreden: „Du hast genug Nichten und Neffen. Du siehst doch, wie es da drunter und drüber geht. Wir haben es so schön miteinander."

Anni konnte ihm klarmachen, dass sie nur an ihn dabei gedacht hätte, an das, was er sich vielleicht wünschte. Das machte Frank betroffen und er schämte sich. In den Tagen darauf verwöhnte er Anni besonders liebevoll. Er brachte ihr Rosen und überraschte sie mit einem Wochenendausflug. Er beteuerte, dass er sie liebe, nur sie allein: „Dafür brauchen wir doch keine Kinder, wichtig sind wir als Paar". Anni meinte, er wolle sie nur trösten. Also sagte sie sich, wenn es so ist, dann werden wir auch ohne Kinder glücklich.

Frank verbiss sich noch mehr in die Arbeit. Im Spätherbst gab es wie immer viele

Aufträge, denn alles sollte vor dem Frost fertig werden, sogar im November konnten sie durcharbeiten. Für Frank bedeutete das, dass er nicht einmal mehr eine Ausrede brauchte, um spät nach Hause zu kommen. Denn seit dem Sommer mied er ruhige Abende mit Anni.

Nun näherte sich Weihnachten. Wäre es ein Jahr wie jedes andere gewesen, würden sie über die Feiertage nach Amrum fahren. Frank fühlte einen dicken Kloß im Magen, wenn er nur daran dachte. Wenn er Annis Brüdern bei dem weihnachtlichen Familientreffen eingestehen würde, dass er mit dem Streit im Sommer einen Fehler gemacht hatte, dann hätten sie Oberwasser. Klein beizugeben, sich zu beugen, wie er es bei sich nannte, hatte er nicht gelernt. Also grübelte er, wie er Anni davon abbringen könnte, alleine nach Amrum zu fahren, denn das würde sie tun wollen.

Anni telefonierte nicht nur weiter regelmäßig mit ihrer Schwester, sie schrieb ihr auch lange Briefe, wie zu ihrer Teenagerzeit. Manches lässt sich am Telefon nicht sagen und so brachte sie ihre Gedanken und Sorgen wegen Frank zu Papier. Die beiden Schwestern waren immer eng verbunden gewesen und Anni wusste, ihre Schwester würde mit niemanden, nicht einmal mit den Eltern, über ihre Probleme reden.

Einige Male hatte sie mit Schmeichelei versucht, Frank zum Einlenken zu bringen. Er brummelte dann meist: „Ich überlege es mir. Aber wir könnten doch auch über Weihnachten zum Skilaufen fahren. Es muss doch nicht immer Amrum sein."

Beim letzten Mal hatte Anni zart über seinen Arm gestrichen und gesagt: „Weihnachten ist eine gute Gelegenheit zur Versöhnung. Alle sind milder gestimmt. Da fällt es leichter zu sagen, wir sind eine Familie, alles ist gut. Zum Skifahren können wir doch nach den Feiertagen fahren." Weil von Frank kein Widerspruch kam, war Anni der Meinung, damit wäre die Brücke gebaut und er würde mit ihr nach Amrum kommen. Sie schrieb Listen, was sie noch besorgen wollte, denn besondere Leckerbissen waren auf der Insel nur für teures Geld zu bekommen. Optimistisch schrieb sie ihrer Schwester, zu Weihnachten würde sich alles wieder einrenken.

Die Schwester rief sie erfreut an: „Dieses Mal ist es besonders wichtig, dass ihr kommt. Dem Vater geht es nicht gut. Er tut zwar stark und sagt: 'Schiet wat drauf', aber im Januar muss er aufs Festland ins Krankenhaus. Darf ich ihm erzählen, dass ihr kommt? Ich glaube, das würde ihm guttun." - „Ja, sag ihm, wir kommen. Wenn Frank das vom Vater hört, ist er bestimmt auf jeden Fall bereit, sich zu vertragen. Sag mir noch Bescheid, was wir alles mitbringen sollen. Stollen habe ich schon bestellt." In ihrer Straße in Hamburg-Altona gab es eine kleine, feine Bäckerei, die backte die besten Stollen. Da hatte sie vier Stück bestellt, im sicheren Glauben, dass sie Weihnachten auf Amrum sein würden.

Am Tag, als Anni die Stollen abholte, sahen die Straßen aus wie mit Puderzucker bestäubt. In der Nacht hatte es geschneit. Der feierliche Eindruck verstärkte sich durch die vielen Lichterketten in den Fenstern und an den Balkonen. Eine kleine Rasselbande von vier Kindern versuchte im Vorgarten ihres Hauses, mit dem bisschen Schnee einen Schneemann zu bauen.

Annis Gedanken flogen nach Amrum und ein leises, freudiges Lächeln huschte über ihr Gesicht. Vielleicht haben wir dieses Jahr eine weiße Weihnacht und die Lütten können Schlitten fahren. Wenn Frank erst auf der Insel ist, wird sicher alles gut werden, und jetzt, wo der Vater krank ist, wird Frank bestimmt leicht seinem Herzen einen Stoß geben können. Ihre Gedanken waren schon unterwegs zur Familie und ihr Herz etwas leichter.

Eine Woche vor Weihnachten herrschte in der Bäckerei großer Andrang. Im Hintergrund dudelten Weihnachtslieder und das Stimmengewirr war so laut, dass keine normale Unterhaltung möglich war. Die Verkäuferinnen hatten rote Wangen und bemühten sich, es allen recht zu machen. Extra für die Vorweihnachtszeit hatten sie eine Aushilfe eingestellt. Trotz aller Hektik herrschte eine heitere Stimmung. Kartons mit Stollen wurden über den Tresen geschoben und von den Kunden freudig in Empfang genommen. Die Chefin, eine mollige Mittvierzigerin, erkannte Anni und rief ihr zu: „Ihre Bestellung ist fertig, Frau Rabe. Kleinen Moment!" Als die Aushilfe den Namen Rabe hörte, zuckte ihr Kopf hoch und sie schaute Anni neugierig an.

Vor Anni wartete eine junge Frau auf ihre Bestellung. Sie erzählte, dass sie zu Freunden nach Österreich fahren würden: „Sie kennen unseren deutschen Stollen nicht, darum nehmen wir welchen mit." Ihr kleines Mädchen, wohl fast zwei Jahre alt, hatte sie auf den Arm genommen. Die Kleine strahlte Anni an und plapperte etwas, was wie „Huss, Huss" klang. Anni streckte der Kleinen ihren Zeigefinger hin, der sofort ergriffen wurde, während ihr „Huss, Huss" ungeduldiger wurde. „Wer ist denn Huss?", fragte Anni die Mutter. „Sie denkt, ihr Pelzkragen ist unser Kater, und der heißt Heuss". - „Ach", sagte Anni mit Wehmut in der Stimme, „ich hätte auch so gern etwas Kleines. Aber bis jetzt hat das noch nicht funktioniert."

Die Aushilfe hatte inzwischen die vier Stollen auf den Tresen gestellt. Sie waren einzeln in Kartons verpackt und mit einer kleinen roten Schleife verziert. Die ganze Zeit über hatte sie Anni schmallippig angestarrt. Jetzt fragte sie: „Sind sie mit Frank Rabe verheiratet?" - „Ja", kam es erstaunt von Anni. „Dann können sie lange auf Nachwuchs warten", verkündete die Aushilfe triumphierend, „der hat sich nämlich sterilisieren lassen. Das hat er mir selbst erzählt, gleich am ersten Abend. 'Versuch mir ja kein Kind anzudrehen, ich bin steril', hat er zu mir gesagt. Ich habe ihn gleich vor die Tür gesetzt. Wer will denn mit so einem zusammen sein." Das Letzte stieß sie voller Wut aus.

Es war mucksmäuschenstill im Laden geworden. Die anderen Kundinnen bildeten erstarrt einen Kreis um Anni. Die Chefin kam eilig herbei und schubste die Aushilfe zur Seite. „Pfui, was bist du nur für eine gehässige Person. Hier wirst du nicht alt. Du bist gefeuert. RAUS." - „Ich wollte sowieso diesen Scheißladen verlassen. Alles nur ein verlogenes, eingebildetes Pack hier." Die Aushilfe schmiss ihre Schürze hin und hob triumphierend den Stinkefinger: „So einen großartigen Abgang wollte ich immer schon mal haben." - „Wie im Kino", wisperte eine der Kundinnen.

Wie Anni mit ihren vier Stollenpaketen durch die schweigende Menschengruppe raus auf die Straße gekommen war, wusste sie später nicht mehr. Sie war wie in Trance. In ihrem Kopf hämmerte es: Er hat sich sterilisieren lassen, der Frau hat er es gleich am ersten Abend gesagt. Warum mir nicht? Von Anfang an hat er mich belogen. Seit fünf Jahren hat er mich belogen." Sie hatte das Gefühl, dass sich alles um sie herum wie ein Karussell drehte.

Zuhause legte sie die Stollen behutsam in den Vorratsschrank. So zart, als wenn es kleine Lebewesen wären. „So," murmelte sie, „das ist geschafft, ich habe euch alle heil nach Hause gebracht." Dann sank sie in sich zusammen und blieb zusammengekrümmt auf dem Fußboden mit weit geöffneten, blicklosen Augen liegen. Ihr Atem war fast nicht mehr wahrnehmbar.

Am Abend betrat Frank laut und fröhlich rufend das Haus: „Wir fahren Weihnachten nach Amrum und hinterher für vierzehn Tage auf die Malediven. Ich habe alles komplett gebucht. Ich möchte dich noch einmal heira…" Zwei Tickets flogen aus seiner Hand. „Anni, meine Anni, was ist los?" Sie kalt und bewegte sich nicht, aber sie atmete. Er trug sie vorsichtig zum Sofa, bevor er den Rettungswagen rief.

Im Krankenhaus konnten sie nichts feststellen, alle Werte waren normal. Anni sprach jedoch nicht und wollte weder trinken noch essen. „Sie muss einen Schock bekommen haben", sagten die Ärzte, „wir können nichts für sie tun. Wir geben ihr Infusionen, damit sie nicht austrocknet. Aber wenn sie morgen nichts isst, müssen wir sie künstlich ernähren."

Am nächsten Morgen sagte Anni leise, aber bestimmt: „Ich will nach Hause, ich werde essen."

Schluchzend vor Erleichterung brachte Frank sie nach Hause. „Alles wird gut", wiederholte er gebetsmühlenartig. „Ich muss besser auf dich aufpassen. Ich werde dich verwöhnen. Du wirst schon sehen, alles wird gut. Sag nur, was du willst, und ich mache es sofort. Wollen wir gleich zu deinen Eltern fahren?"

„Nein", kam es hart von Anni, „ich will keinen von der Familie sehen, auch dich nicht." Sie wandte sich ab, ging mit schleppendem Schritt ins Schlafzimmer und schloss die Tür hinter sich ab. Frank bettelte und flehte. Er drohte die Tür einzuschlagen. Aber er hörte immer nur: „Geh weg." Sie sagte nicht, was passiert war, nur: „Geh weg."

Frank tat sein Bestes, damit Anni etwas zu essen bekam. Der Gefrierschrank war gut gefüllt, da Anni immer vorkochte. Er taute eine Suppe auf. Er arrangierte alles auf ein Tablett, legte eine Blüte vom Weihnachtsstern dazu, seinen Brief und die Tickets für die Malediven. Er selbst war nicht in der Lage, etwas zu essen, ihm war der Hals wie zugeschnürt.

Frank klopfte an die Schlafzimmertür und erklärte Anni, dass er ihr Essen gebracht hatte. Sie schrie nur wieder, dass er verschwinden sollte. Er stellte das Tablett vor die Tür, in der Hoffnung, dass sie schon Hunger bekommen würde. Irgendwann hörte er, wie sich der Schlüssel drehte und Anni sich das Essen ins Zimmer holte. Sie aß alles auf und stellte das leere Tablett wieder raus. Die zerrissenen Tickets und den zerknüllten Brief hatte sie mit aufs Tablett gelegt.

So ging das auch die nächsten Tage. Frank bereitete Frühstück, Mittag und Abendessen. Zum aufgewärmten Gulasch schälte er sogar ein paar Kartoffeln. Immer in der Hoffnung, dass Anni sich wieder zeigen würde und er mit ihr sprechen könnte. Bei der Zubereitung des Bauernfrühstücks, ihres Lieblingsgerichts, erlebte er ein Fiasko. Die Kartoffeln verbrannten und sahen aus wie Kohlestücke. Entnervt ließ er die Pfanne stehen. Die Küche war völlig verqualmt und es stank.

Für sich selbst bestellte er Pizza. Pizza in allen Variationen. Und Bier. Das war seine Nahrung. Oft wusste er nicht, was er da gerade aß. Und sein Alkoholkonsum nahm stetig zu. Die Unordnung nahm ebenfalls zu, Wohnzimmer und Küche vermüllten. Den Versuch aufzuräumen hatte er nach kurzer Zeit resigniert aufgegeben.

Frank flüchtete sich in die Firma und versuchte, einen normalen Alltag zu finden. Wenn sein Altgeselle ihm nicht offen gesagt hätte, dass er aus der Firma wegbleiben sollte, er hätte sich wahrscheinlich noch lange treiben lassen.

Dann rief Annis Schwester an und fragte Frank: „Wann kommt ihr eigentlich?" Frank war vollkommen hilflos, er wusste nicht, was er sagen sollte. Er hatte ja keine Ahnung, was eigentlich passiert war, nur, dass Anni ihn nicht sehen und sprechen wollte.

„Ich will mit Anni sprechen", verlangte Karin, denn Anni hatte ihre Anrufe auf dem Handy nicht angenommen. Da erzählte Frank, dass Anni zusammengebrochen war. Aber sie im Krankenhaus nichts gefunden hatten. Und dass sie kein Wort mehr mit ihm sprach.

„Was hast du denn gemacht? Bist du etwa fremdgegangen? Oder hast du sie geschlagen?", fauchte Annis Schwester ihn wütend an. „Nein, nein", wehrte er ab. „Ich weiß nicht, was sie hat. Gestern hat sie mich Lügner, Verbrecher und Mörder genannt. Das ist das einzige, was sie mir bis jetzt an den Kopf geworfen hat. Keine Erklärung. Nichts! Ich hatte alles so schön geplant. Über Weihnachten wären wir zu euch auf die Insel gekommen und danach wollte ich mit ihr auf die Malediven. Ich habe ein Gesamtpaket gebucht. Ein wunderschönes Hotel, das auch Trauungen am Strand anbietet. Ich wollte sie bitten, mich noch einmal zu heiraten. Oh, Gott, was soll ich nur machen?"

Frank strömten jetzt die Tränen übers Gesicht, laut schluchzte er ins Telefon. „Hör auf zu heulen", schnauzte die Schwester ihn an. „Damit änderst du nichts. Schreib ihr einen Brief und versuche, ihr alles zu erklären. Aber irgendetwas muss doch vorgefallen sein. Denn normalerweise ist Anni nicht zickig. Ich werde ihr schreiben und von der Familie berichten. Ich rufe dich nach Weihnachten wieder an." Damit beendete sie das Gespräch. Die Krankheit des Vaters erwähnte sie nicht, sie wollte nicht noch mehr Unruhe auslösen.

Einen Tag später klingelte die Nachbarin und fragte, wie es Anni ginge. Sie wäre in der Bäckerei dabei gewesen und später hätte sie den Krankenwagen gesehen. Keiner im Laden hätte vermutet, dass Anni etwas passieren würde, denn sie hätte mit den vier Paketen in fast stolzer Haltung den Laden verlassen. Obwohl das schon unerhört von der Verkäuferin gewesen war, so etwas zu erzählen. Die Chefin hätte sie dann auch gleich gefeuert. Frank war nicht klüger als zuvor. Was hatte die Verkäuferin denn zu Anni gesagt? Der Nachbarin war seine Frage sichtlich unangenehm und sie schaute auf den Boden.

„Es ist ja persönlich und geht ja auch nur sie beide etwas an. Aber nun weiß es die ganze Nachbarschaft. Es stimmt doch, dass sie sterilisiert sind, oder? Das hat die Verkäuferin jedenfalls Anni an den Kopf geworfen, auf eine gemeine Art. Sie hat behauptet, sie hätten ihr das gleich am ersten Abend gesagt. Ich hatte den Eindruck, dass Anni das am meisten getroffen hat. Ich wünsche ihnen beiden alles Gute."

Da wusste Frank jedenfalls den Grund für Annis Zusammenbruch und verstand, dass sie ihn nicht sehen wollte. Seine letzte Hoffnung setzte er jetzt auf die Schwester, die in einem Brief ihren Besuch angekündigt hatte, und auf den Einfluss der Familie. Auch wenn er die bisher immer nur als lästig und übergriffig abgetan hatte, war ihm klar, dass er sie jetzt

brauchen würde. Ihre Hilfe wäre die letzte
Chance für ihn. Er sehnte fast das Kommen
der Schwester herbei.

*

Schwerfällig erhebt Frank sich vom
Küchenstuhl, um die Müllsäcke raus zu
bringen. Er schaut noch einmal in die Runde.
Ja, alles ist einigermaßen ordentlich. Im
Wohnzimmer ist die Luft wieder frisch. Kalt
zwar, aber es stinkt nicht mehr nach Schnaps
und Bier. So kann er jemanden ins Haus
lassen, ohne sich zu schämen. Nur für seinen
eigenen Zustand muss er noch etwas tun, der
ist einfach nur abstoßend.

Unter der Dusche merkt er, wie angenehm
es ist, frisch gewaschen zu sein. Beim
Anziehen der sauberen Kleidung fühlt er, wie
seine Energie zurückkehrt. Er muss es
schaffen, dass Anni ihm verzeiht. Sie gehören
zusammen, das war ihm schließlich gleich
vom ersten Moment klar gewesen, damals vor
fünf Jahren.

Nach kurzer Zeit erlöst ihn das Klingeln der Schwester. Frank rennt zur Haustür und fällt Karin um den Hals. Unter Tränen erklärt er ihr, was passiert ist und dass nur ein Wunder helfen könne. „Ich habe große Angst, dass Anni sich etwas antut. Sie liegt nur im Bett und weint. Ich habe den Eindruck, ihr Hass auf mich wird immer größer. Bitte, bitte, sprich mit ihr, nur du kannst noch helfen."

Karin hat erst erstaunt, dann mit zunehmend wütender Miene zugehört. Mit Gewalt muss sie sich bremsen, um Frank nicht ins Wort zu fallen. Nachdem er geendet hat und sie flehend anguckt, springt sie auf und knallt ihm eine. „Du bist wirklich ein verdammter Schweinehund. Du wunderst dich, dass Anni nicht mit dir sprechen will. Auf ihrer Seele hast du rumgetrampelt. Du hast nur dein schlechtes Gewissen ruhigstellen wollen, deshalb hast du im Sommer den Streit vom Zaun gebrochen. Ich würde dir am liebsten noch eine reinhauen. Du bist wirklich das Allerletzte. Du sagst, du liebst sie. Wahrscheinlich weißt du gar nicht, was Liebe ist.. Kein Wunder, dass Anni dich nicht mehr will."

Ein hoher spitzer Schrei aus Richtung der Treppe ertönt. In ihrer Aufregung hatten die beiden nicht daran gedacht, die Wohnzimmertür zu schließen, und nicht mitbekommen, dass Anni die Schlafzimmertür geöffnet hat und jedes Wort hören konnte.

Nun klammert sich Anni am Geländer fest und schreit. Sie bringt keine Worte hervor, nur gequälte hohe Töne und lautes Stöhnen. Am ganzen Körper zitternd versucht sie, die Stufen hinab zu steigen. Frank und Karin stürzen zur Treppe. Zweistimmig rufen sie: „Bitte, bleib oben, wir kommen."

Anni schreit: „Nein, nein, ich will" und hebt abwehrend die Hände. Es dauert nur Sekunden, aber Frank und Karin haben den Eindruck, dass alles wie in Zeitlupe geschieht. Helfen können sie nicht. Anni stürzt kopfüber die Treppe hinunter. Bei jeder Stufe gibt es einen harten Schlag.

Unten bleibt sie verkrümmt und reglos liegen, wie eine zerbrochene Puppe.

Was zählt, ist der richtige Augenblick

Spätabends kam ich gestern auf der Insel an. Sofort fühlte ich mich frei von den schweren Lasten, die in den letzten Monaten auf meine Schultern gedrückt hatten. Zum ersten Mal habe ich wieder ohne Albträume geschlafen. Meine Seele ist hier am richtigen Platz. In Thailand. Schon immer wollte ich hierher.

Der Bungalow, in dem ich wohne, liegt direkt am Strand. Gleich heute Morgen bin ich sozusagen aus dem Bett ins Meer gesprungen. Das Wasser türkisblau, so seidig und warm. Kleine Schaumkronen tanzen auf den Wellen. Eine sanfte Brise umschmeichelt mich. Ich habe das Gefühl, im Paradies zu sein. Am liebsten würde ich tanzen und singen. Es ist für mich immer noch unglaublich, aber ich bin wirklich an meinem Sehnsuchtsort.

Schon die vierzehntägige Rundreise vorher war traumhaft. Der Beginn der Reise in Bangkok war, milde ausgedrückt, für einen Europäer etwas chaotisch. Das Taxi schlich im Schneckentempo durch den dichten Feierabendverkehr. In keinem Land Europas habe ich jemals so viele Autos auf der Straße gesehen. Vierspurig floss der Verkehr in die Innenstadt und vierspurig auch hinaus. Immer nur schrittweise kamen wir voran. Auf meine Frage: „Ist das jeden Tag so?" antwortete der Taxifahrer: „Ja, obwohl er heute tatsächlich besonders stark ist, weil morgen ein Feiertag ist." Er fügte mit einem Lächeln hinzu: „Aber sie haben doch Urlaub und Zeit mitgebracht. Wenn man ungeduldig wird, kommt man auch nicht schneller ans Ziel." Zwischen den Autos liefen Straßenhändler, die alles Mögliche anboten. Süßigkeiten, Getränke, Lotterielose und kleine Gebetsketten aus Blumen, die der Fahrer über seinen Rückspiegel hängte.

Die Tage, die dann folgten, waren wie ein Traum. Die kostbar geschmückten Tempel. Überall Gold und Edelsteine auf den Säulen. Buddha-Figuren, in jeder Größe, üppig ausgestattete mit Gold, schlichte aus Holz oder glatt poliertem Stein. Die Räucherstäbchen ließen mir manchmal die Augen tränen, so viele qualmten an jeder Ecke. Diese Hingabe der Gläubigen und die Verzückung auf ihren Gesichtern ließ mich an unserer Lebensweise stark zweifeln. Ich streichelte Elefanten, deren Haut sich weich und kühl anfühlte - immer hatte ich die Vorstellung gehabt, dass sie sehr rau sei. Wie im Rausch erlebte ich elegante, farbenprächtige Tanzvorführungen. Obwohl sie speziell für Touristen angeboten wurden, wirkten sie nicht billig. Die Kostüme waren kostbar bestickt und die Tänze wurden mit Anmut und Stolz vorgetragen. Es war so viel Neues, was ich erlebte!

Abends schrieb ich alles in mein Tagebuch. Ich hatte Angst, sonst viele meiner Erlebnisse und Eindrücke zu vergessen, es war ja niemand an meiner Seite, mit dem ich später in Erinnerungen würde schwelgen können. Kein Felix mehr. Zu zweit wäre es wesentlich schöner gewesen. Aber das Schicksal hatte anders entschieden. Das Gute war, auf der Reise fiel der ganze Ballast der letzten Monate von mir ab und meine Gedanken wurden wieder frei.

Die Reise nach Thailand hatte ich bei einem Preisausschreiben im Frühling gewonnen. Ich konnte es zuerst nicht glauben. Noch nie hatte ich etwas gewonnen. Dreimal habe ich alles kontrolliert. Aber es stimmte: Frau Sabine Holst und Mann sind Gewinner einer Reise nach Thailand. Die bestand aus einer Rundreise inklusive

Ausflügen, Ritt auf einem Elefanten und Tanzvorführungen und im Anschluss vierzehn Tage Inselurlaub zum Relaxen. Ich tanzte durchs Haus.

Ich hatte mein Handy schon in der Hand, um Felix unser Glück mitzuteilen. Dann überlegte ich, nein, ich würde ihm noch nichts davon sagen. Erst musste ich mit ihm etwas klären. Und vom Resultat dieses Gespräches würde es abhängen, ob die gemeinsame Reise meine Überraschung für ihn zu unserem fünften Hochzeitstag sein würde.

Kennengelernt hatten Felix und ich uns im Kindergarten. Nein, nicht, was sie jetzt denken, keine Sandkastenliebe. Ich bin Erzieherin im Kindergarten. Unsere Toiletten waren zum wiederholten Mal verstopft gewesen. Die Klempnerei hatte damals den „Neuen" geschickt, denn Klo mag keiner so gern. Der Neue konnte gut mit Kindern umgehen, das war offensichtlich. Er erklärte und zeigte ihnen, warum eine Toilette verstopft, wenn ein Feuerwehrauto darin steckt. Die Lütten lauschten andächtig. Ich war stark beeindruckt.

Beim Ausfüllen des Arbeitszettels sah er die Fotos von Thailand an der Wand und fragte mich: „Waren sie schon einmal da?" - „Leider nein, bisher nur ein Traum von mir, aber ich habe das Gefühl, ich muss dahin. Manchmal fühle ich mich nicht vollständig, als wenn ein Teil meiner Seele dort sei. Ich weiß, das hört sich richtig kitschig an, und ich habe auch noch nie jemandem davon erzählt."

Ich fühlte heiße Röte in mein Gesicht steigen. Felix, der Glückliche, so hatte er sich vorgestellt, schaute etwas ratlos. Ich sah förmlich, wie es in seinem Kopf arbeitete. Dann bat er mich um eine Verabredung. Er würde gern mehr über Thailand erfahren. Gehört hätte er ja schon viel über das Land. Bisher nur von Touristen. Aber ich hätte mich ja intensiv mit Land und Leuten beschäftigt. Das hätte ihn neugierig gemacht. Vielleicht wäre ich bereit, ihm von meinem Wissen etwas zu vermitteln.

Ja, ich war dazu nur allzu gern bereit, denn diesen Klempner mit dem blonden Strubbelkopf und dem frechen Grinsen, den wollte ich unbedingt näher kennenlernen. Ich habe ihn dann mit meiner Begeisterung für Thailand angesteckt. Nach nur drei Monaten heirateten wir und planten unsere Reise nach Thailand. Nicht nur für vier Wochen, nein, wir wollten sechs Monate bleiben. Land und Leute wirklich kennen lernen. Ich konnte im Kindergarten dafür ein Sabbatjahr nehmen und Felix hat einen Beruf, in dem er schnell wieder etwas finden würde, er würde einfach kündigen.

Wir sparten, wo wir konnten. Miete mussten wir keine bezahlen, da ich ein kleines Haus von meinen Eltern geerbt hatte. Wenn ich maulte, weil ich mir ab und zu doch gern mal eine neue Bluse gekauft hätte, sagte Felix: „Denk an unseren Traum, das macht man nur einmal im Leben. Wir müssen es jetzt tun, solange wir noch so jung sind, und Vorfreude ist doch auch Freude." Er hatte Recht und ich vergaß schnell meine unnötigen Wünsche.

Nach vier Jahren hatten wir das Geld fast zusammen. Wir hatten für Thailand ein Konto eingerichtet. Da gingen wir nicht dran, es war nur für die geplante Reise. Dann hatte Felix die Idee, wir könnten während unserer Reise das Haus vermieten. Dadurch würden wir schon früher als geplant losfahren können. Das wollte ich aber auf keinen Fall. Denn es ist mein Elternhaus und ich hatte Angst, dass es durch Vandalen zerstört würde.

So sagte ich: „Lass uns bei unserem Plan bleiben. Ich habe alles schon eingereicht. Wenn ich jetzt plötzlich ein Jahr früher frei haben will, sagt die Behörde bestimmt nein. Und so können wir unseren fünften Hochzeitstag in Thailand feiern." Felix maulte zwar erst ein wenig, lenkte aber schnell ein.

Ach, wäre ich doch bloß auf seinen Vorschlag eingegangen! Alles hätte einen anderen Verlauf genommen und ich wäre jetzt nicht alleine in Thailand.

Dann überraschte mich Felix im Januar. Er hätte ein tolles Angebot bekommen. Eine einmalige Gelegenheit, wie er sagte. Er war euphorisch. Er könne von seinem Arbeitskollegen preiswert ein Wohnmobil mit dazu gehörigem Stellplatz kaufen. Nie wieder hätten wir so eine Möglichkeit. Der Wagen wäre erst ein Jahr alt und mit allen Schikanen ausgestattet. Die Besitzer ließen sich scheiden und müssten verkaufen. Der Platz, auf dem er stünde, läge direkt an der Ostsee. Nur ein kleiner Teil dessen, was wir für Thailand gespart hatten, wäre für das Wohnmobil nötig. Er würde das Geld schnell wieder reinholen, durch Überstunden. Die würden ja gut bezahlt und davon könnte er viele leisten, weil die Firma viele Aufträge hätte.

Felix bettelte: „Bitte, lass uns das machen, dann haben wir es auch hier schön und können unseren Urlaub an der See verbringen."

„Unseren Urlaub", fragte ich, „wann sind wir denn bisher in Urlaub gefahren?"

„Ja, ich weiß, wir haben alles gespart für Asien. Aber mit dem Wohnmobil können wir kostenlos Urlaub machen."

„Kostenlos? Du bist gut. Erst einmal müssen wir unser Erspartes weggeben. Unser Ziel war doch ein anderes! ", wagte ich einzuwenden. Ich sah, wie sich sein Gesicht verfinsterte.

„Gut, wenn du es partout nicht willst, lassen wir das eben", sagte er spitz. „Aber ich will nicht immer nur arbeiten und sparen. Ich brauche auch mal ein bisschen Spaß. Einige meiner Arbeitskollegen haben auf dem Platz auch ihre Wohnwagen. Wenn die erfahren, dass du dagegen bist und darum nichts daraus wird, lachen die mich aus.

Pantoffelheld, Weichei, das wird das Harmloseste sein, was ich zu hören bekomme."

„Das klingt so, als hättest Du schon zugestimmt, ohne mich zu fragen. Hast Du vergessen, dass es unser gemeinsames Geld ist?" Felix zog eine Grimasse und fuhr mich an:„Ja, du hast Recht, es ist unser Geld, aber es gehört dir nicht allein. Ich bin kein kleiner Junge, der erst seine Mami fragen muss, wenn er Geld ausgeben will. Ich musste mich schnell entscheiden, das ist manchmal so. Basta!"

Ich war schockiert. Diese eigenmächtige Entscheidung würde ich ihm nie verzeihen! Zwei Tage umschlichen wir uns wie Katzen. Bloß kein falsches Wort, sonst würde es eine Explosion geben. Aber wenn ich jetzt daran denke, was sein Wohnmobilkauf für Folgen hatte, hätte ich damals besser getobt und laut geschrien: „Nein, nein, kaufe den Wagen nicht." Dann hätte es zwar zwischen uns furchtbar gekracht, aber nichts wäre so schrecklich gewesen wie das, was im Laufe der nächsten Monate folgte.

*

An den Wochenenden fuhren wir zu unserem *Palast*, so hatte Felix das Wohnmobil getauft. Er war glücklich und sagte ein ums andere Mal, wie gut es ihm gefiele auf dem Campingplatz, so frei und sorglos.

Mit der Zeit lernten wir die Nachbarn kennen. Fast jedes Wochenende gab es bei jemandem eine Feier und es wurde gegrillt. Felix saß oft bei seinen Arbeitskollegen und ich lernte deren Frauen kennen. Alle waren offen und fröhlich. Ich war gern mit ihnen zusammen. Nur der Kollege Peter, dem Felix das Wohnmobil abgekauft hatte, der lag mir quer. Und ausgerechnet mit dem war Felix ständig zusammen. Nicht nur, dass sie gemeinsam stundenlang zum Angeln raus fuhren, auch hinterher steckten sie noch die Köpfe zusammen. Nur die beiden konnten laut über die schmutzigen Witze lachen, die Peter erzählte, alle anderen schauten peinlich berührt.

Ich wurde den Eindruck nicht los, dass Peters Einfluss Felix nicht bekam. Peter meint dies oder Peter sagt das, das bekam ich täglich zu hören – und das waren nicht immer Sachen, die ich gut fand. Zum Beispiel: Felix solle lieber nicht so viele Überstunden machen, das würde nur sein Leben verkürzen, der Mensch brauche weniger Arbeit und mehr Spaß. Das Ergebnis war, das Felix tatsächlich weniger Überstunden machte und die Auffüllung unseres Thailand-Kontos in weite Ferne rückte. Außerdem verkündete Peter - und das, obwohl ich daneben stand - , Frauen meckerten immer nur herum und wollten immer irgendetwas haben, aber selbst nichts geben. Dann folgte die Litanei, was er alles seiner Frau und Kindern zahlen sollte. „Aber", sagte er mit hämischem Grinsen, „nicht mit mir, ich lebe jetzt von Hartz 4. Da ist nichts zu holen, das kann sich manche Frau hinter die Ohren schreiben." Dabei starrte er mich vielsagend an. Ich starrte wütend zurück. Mit den Worten „Komm, wir gehen lieber angeln, ich glaube, hier sind wir nicht erwünscht. Draußen haben wir unsere Ruhe vor den Weibern", wendete er sich Felix zu. Und wie reagierte mein Felix? Er trottete, wie an einem Band gezogen, hinter Peter her.

Unsere direkte Nachbarin hatte alles mit angehört, was kein Wunder war bei den geringen Abständen zwischen den Stellplätzen. Als die beiden Männer weg waren, kam sie zu mir rüber. Vorsichtig fragte sie mich, wie ich zu Peter stehen würde. Ich war immer noch fassungslos.

„Wie meinst Du das?", fragte ich zurück.

„Na ja, weil doch Felix und Peter so eng miteinander sind. Ich dachte, vielleicht bist du mit ihm verwandt." Sie wendete sich verlegen ab und sagte: „Ach, vergiss es, es geht mich ja nichts an."

„Nein, ich bin nicht mit ihm verwandt und Felix auch nicht. Und am liebsten würde ich Peter überhaupt nicht sehen, denn er gefällt mir nicht. Hat ihn seine Frau wirklich betrogen und dann noch abgezockt? Peter erzählt Felix die wildesten Geschichten darüber. Bitte klär mich doch auf, ich habe ja keine Ahnung und dadurch auch keine Argumente gegen ihn."

„Der sollte lieber ganz ruhig sein", erwiderte die Nachbarin wütend. „Der kann die Finger nicht von Frauen lassen. Alle hat er uns begrabscht. Und er hat es immer so angestellt, dass seine Frau es mitbekam. Er wollte sie loswerden, das sage ich dir. Unsere Männer haben ihm Schläge angedroht. Er hat nur gelacht und gesagt: 'Ich will doch gar nichts von euren Frauen. Außerdem habe ich mein Ziel schon erreicht, sie lässt sich scheiden. Jetzt bin ich frei.' Dabei hat er so gelacht und sich auf die Schenkel geschlagen, dass zwei Männer wütend wurden und ihm eine rein gehauen haben. Wir freuten uns schon, als der Wagen verkauft wurde, und dachten, er sei weg. Aber jetzt hat er sich ja anscheinend bei euch eingenistet. Dass du das mitmachst", wunderte sie sich.

Ja, ich war selbst erstaunt über mich. Denn bis jetzt hatte ich Felix noch nicht gesagt, was ich von Peter hielt. Am Anfang hatte ich gedacht, das gibt sich schon von allein, wir müssen uns erst mal einleben und Peter hilft dabei. Aber dann war es immer schlimmer geworden. Um mich kümmerte sich Felix fast überhaupt nicht mehr. Wie ich den Tag verbrachte, interessierte ihn nicht, er fragte nicht einmal danach. In den letzten Wochen hatte Peter sogar in unserem Vorzelt übernachtet. Er wisse nicht wohin, erklärte mir Felix, er hätte ja alles verloren.

Irgendwann trafen sie sich auch an Wochentagen in der Stadt. Peter brauche jemanden, der ihm zuhört, und ein wenig Abwechslung, wurde mir von Felix erklärt.

„Er soll mal lieber arbeiten", knurrte ich ihn an,

„und komm ja nicht auf die Idee, dass er hier bei uns einziehen könnte. Von wegen der arme Kerl ist so einsam und wir haben doch Platz genug. Denk daran, es ist mein Haus!" Ein paar Mal hatte Felix versucht, mich zu unterbrechen. Aber ich zischte ihn an: „Wenn du meinst, du musst immer mit ihm zusammen sein, dann zieh doch aus!" Felix starrte mich ungläubig an.

„Das meinst du nicht ernst", stotterte er, „was hast du denn gegen ihn?"

„Ich mag ihn nicht. Ich mochte ihn noch nie. Ich wollte dir nur nicht die Freude nehmen, darum habe ich nie etwas gesagt. Aber jetzt ist es wirklich genug. Es wird mir einfach zu viel, wie er sich in unser Leben drängt. Außerdem habe ich einige unschöne Dinge über ihn erfahren. Und was er dir über seine Frau erzählt, ist alles gelogen. Ich bitte dich, glaube nicht alles, was er dir erzählt, und geh auf Abstand zu ihm . Der will dich nur ausnutzen."

So herrschte, als im Mai die Nachricht von meinem Gewinn eintraf, eine fürchterlich miese Stimmung zwischen Felix und mir. Deswegen erzählte ich ihm nichts davon. Sollte er doch erst mal zeigen, ob ihm noch etwas an mir lag! Oder ob er so weiter machen will wie bisher: Peter hier und Peter da, Peter denkt und Peter sagt. Die beiden führten sich immer mehr auf wie ein altes Ehepaar und sonderten sich immer mehr ab.

Ich fuhr nur noch selten mit auf den Campingplatz und zu Hause sprach Felix nur das Nötigste mit mir. Von unserer Asienreise war schon lange nicht mehr die Rede. Wir entfremdeten uns immer mehr. Felix vermied jedes Zusammentreffen mit mir, sogar in den Kindergarten musste die Firma einen Kollegen schicken. Wahrscheinlich hatte er Angst, da würde er einer Aussprache mit mir nicht ausweichen können.

Dann gab es im Kindergarten eine Durchfallerkrankung, wir mussten von jetzt auf gleich für einige Tage schließen. Dadurch kam ich schon am frühen Nachmittag nach Hause. Unterwegs überlegte ich mir, dass ich am Abend für Felix sein Leibgericht kochen und hinterher versuchen würde, vernünftig mit ihm zu reden. Ich würde ihm von dem Gewinn erzählen und dass wir diese Chance nutzen sollten, um uns wieder aneinander anzunähern.

Immer noch tief in Gedanken kam ich zu Hause an. Die Haustür war nicht abgeschlossen und an der Garderobe hingen die Jacken von Felix und Peter. Verdammt, ist der schon wieder bei uns? Das reichte mir jetzt aber wirklich. Aber wo waren die beiden ? Alles war still, ich hörte keine Stimmen. Vielleicht im Hobbykeller von Felix? Dann hörte ich leises Gemurmel aus dem ersten Stock.

Ich hatte ein unangenehmes Gefühl und schlich auf Socken die Treppe hoch. Die Tür zum Arbeitszimmer, Felix spielte hier seine

Computerspiele, stand halb offen. Ich gebe zu, ich war neugierig, als ich mich leise anschlich. Denn deutlich hörte ich drinnen Peter sagen: „Los, knie nieder, du musst bestraft werden. Du hast dein Versprechen nicht gehalten." Und da kniete mein schöner, gut gebauter Felix vor Peter, der mit einer kleinen Gerte vor ihm stand. „Aber ich habe dir doch das Geld komplett gegeben. Mehr haben wir nicht auf der Bank", hörte ich seine Stimme. „Ja, ja, das stimmt schon, aber du hast die liebe Sabine noch immer nicht zum Teufel gejagt", entgegnete Peter, „du hast ihr nicht die Wahrheit gesagt über uns. Ich gebe dir noch eine Woche Zeit, sonst sage ich es ihr. Stell dir vor, wie schön es wäre, wir beide zusammen hier im Haus, ohne die lästige Sabine, sie muss verschwinden! Kann sie eigentlich schwimmen? Egal. Wir könnten sie doch auf eine Bootstour mitnehmen, weit raus, und ohne sie zurückkehren. Schade, leider über Bord gefallen und wir konnten sie nicht retten!" In Abständen schlug Peter, fast spielerisch, mit der Gerte auf Felix' vorgestreckte Hände.

„Nein, bitte nicht. Das können wir nicht machen. Ich rede mit ihr. Wir müssen eine andere Lösung finden. Das hat sie nicht verdient. Sie weiß ja von nichts."

Peter äffte Felix nach: „Nein, bitte nicht. Das hat sie nicht verdient. Es ist Zeit, die Samthandschuhe auszuziehen! Du hast dich für mich entschieden! Nun steh auch dazu, mit allen Konsequenzen." Mit der Gerte schlug Peter jetzt mehrfach auf Felix Rücken, dass es nur so klatschte. Und dann:

„So mein lieber Felix, du darfst jetzt aufstehen und mich küssen."

Küssen??? Hatte ich richtig gehört? Schon standen sie eng umschlungen da und küssten sich wirklich. Die Spannung zwischen den beiden war fast fühlbar.

In meinem Magen drehte es sich. Nur jetzt nicht schlapp machen, befahl ich mir. Leise schlich ich die Treppe hinunter und aus dem Haus. Ich sprang auf mein Fahrrad und trat wie eine Verrückte in die Pedale. Eine Stimme in meinem Kopf schrie: Los, atme, sonst erstickst du. Ich keuchte und ließ mich völlig erschöpft auf eine Bank sinken. Mit den Fäusten trommelte ich auf meine Brust und trampelte mit den Füßen. Langsam gelang es mir, wieder normal zu atmen, aber ich zitterte weiter am ganzen Körper. Galle stieg mir in den Mund. Ich würgte und spuckte, alles raus, nur raus.

Meine Gedanken kreisten nur um das eine: Mein Felix, der so charmant zu den Frauen sein konnte und mit dem mir Sex so viel Spaß machte, stand in Wirklichkeit auf Männer. Nur Lüge und Täuschung. Und das seit fast fünf Jahren. Ich würde es selbst nicht glauben, wenn ich es nicht miterlebt hätte. Endlich kamen die Tränen und damit auch die Wut. Ich schrie alles aus mir raus. Ich konnte mich überhaupt nicht beruhigen. Gott sei Dank war niemand in der Nähe. Die hätten mich glatt in die Klapse gesteckt.

Meine Gedanken rotierten. Mich ersäufen wie eine Katze. Was für ein widerwärtiger Plan von Peter. Ich sollte verschwinden, um ihnen nicht im Wege zu stehen. In meinem Elternhaus wollten sie sich es gemütlich machen. Aber nicht mit mir! Wenn einer verschwindet, Felix, dann du! Dein Peter wird doch ein warmes Plätzchen für dich haben. Haha, ein warmes Plätzchen, da musste ich direkt lachen, obwohl mir eher nach Heulen zumute war. Aber ich war ja im Vorteil - ich kannte nun ihre Pläne.

Bei meiner Rückkehr war das Haus verlassen gewesen, das hatte mir gut gepasst. In der nächsten Zeit ging ich Felix konsequent aus dem Weg. Wenn er nach Hause kam, fuhr ich weg und kehrte erst spät wieder zurück. Oft war er dann nicht da. Wenn wir uns ab und zu begegneten, sagte er jedes Mal: „Ich muss mit dir reden."

„Ja, später, jetzt habe ich keine Zeit", war immer meine Antwort und damit verließ ich schnell das Haus. Gott sei Dank war Felix nicht oft zu Hause. Ich fragte ihn nie, wo er sich aufhielt.

Am schlimmsten für mich war, wenn Peter mal wieder im Arbeitszimmer auf der Couch geschlafen hatte und dann frisch und fröhlich morgens mit am Frühstückstisch saß. Manches Mal hätte ich Felix gerne gesagt, es fehlt nur, dass du Peter in das Ehebett holst und ich auf der Couch schlafen muss. Aber ich spielte die kleine dumme Frau, lächelte nur und schwieg eisern. Das war auch besser, denn sonst wäre ich vielleicht noch mit meinem Wissen herausgeplatzt, denn ich stand natürlich wahnsinnig unter Druck. Wenn ich nicht jeden Tag die Kinder um mich gehabt hätte, wäre ich verrückt geworden. Im Kindergarten war volle Konzentration gefragt und das lenkte ab. Nach Feierabend redete ich mir auf dem Nachhauseweg immer gut zu.

Ich hatte mir mittlerweile zwei Kleinigkeiten über das Internet besorgt und in den Kindergarten schicken lassen, die mein Überleben sichern sollten. Alles würde davon abhängen, wie geschickt ich war. Ich schaffe das, sagte ich mir wieder und wieder. Und die werden sich noch wundern.

Zwei Tage vor meinem Geburtstag waren Felix und ich seit langer Zeit mal wieder allein am Frühstückstisch, Felix auffällig liebevoll. Mir war klar, jetzt kommt es!

„Sabine, bitte nimm dir für deinen Geburtstag frei. Ich habe für uns eine Bootsfahrt organisiert. Mit Steuermann und Picknick. Wir müssen uns um nichts kümmern und können den schönen Tag genießen."

Das alles sagte Felix mit völlig unbewegter Miene. Sie waren also bei ihrem Plan geblieben, mich auf hoher See über Bord gehen zu lassen. Wie hinterhältig und gemein war allein schon die Planung, aber das dann auszuführen, dazu gehört schon eine Menge

Verdorbenheit. Ihr Widerlinge, ein anderes Wort fiel mir im Moment nicht ein, ihr werdet euch noch wundern. Ich spielte die Überraschte und heuchelte Freude. Ich musste mich zusammennehmen, dass ich es mit der Begeisterung nicht übertrieb in meiner Wut.

Ich machte einen kleinen Hopser und streichelte die Hand von Felix. „Oh, wie schön", sagte ich, „ich dachte schon, du hättest meinen Geburtstag vergessen. Aber ich sehe, du liebst mich noch. Schade, dass wir unseren fünften Hochzeitstag in diesem Jahr nicht in Thailand feiern können. Wir versuchen, nächstes Jahr Urlaub dort zu machen, ja? Aber die Ostsee ist auch schön. Ich freue mich jedenfalls sehr auf den Bootsausflug an meinem Geburtstag."

„Ich bin sicher, dass der Ausflug ein unvergessliches Erlebnis wird, und Thailand läuft ja nicht weg." Die ganze Zeit hatte Felix unauffällig versucht, mir seine Hand zu entziehen. Aber ich streichelte unentwegt weiter und guckte ihn, wie ich hoffte, verliebt an. Es fiel mir schwer, denn in mir brodelte ein Vulkan und am liebsten hätte ich auf Felix eingeschlagen. Aber noch musste ich stillhalten.In meinem Kopf hörte ich eine beruhigende Stimme >lass dich nicht hinreißen, du bist bald am Ziel. Geduld, Geduld<. Geduld war nun gerade nicht meine starke Seite. Nur die Gewissheit, dass ich gut vorbereitet war auf das „unvergessliche Erlebnis", ließ mich die Ruhe bewahren.

An meinem Geburtstag brachen wir früh Richtung Ostsee auf. Am Schiff angekommen, tat ich sehr überrascht, dass Peter unser Kapitän sein würde.

Ich drehte mich zu Felix um und brüllte ihn an: „Das ist doch nicht dein Ernst. Du weißt, wie ich zu Peter stehe. Meine Geburtstagsüberraschung habe ich mir anders vorgestellt. Ich will wieder nach Hause oder zu unserem Wohnmobil. Da können wir doch auch schön feiern und wir wären nur zu zweit."

Mit Widerworten hatten sie nicht gerechnet. Die kleine, liebe, dumme Sabine, etwas mollig, mit vielen Sommersprossen im Gesicht, hatte schließlich bisher alles geschluckt. Ich schob Felix von mir weg, der mich aufs Boot bugsieren wollte, und erhob meine Stimme immer mehr. Der Bootsverleiher musste unbedingt die Auseinandersetzung mitbekommen. Falls die beiden mit ihrem Plan Erfolg hätten und ohne mich zurückkommen würden, sollten sie jedenfalls nicht ungeschoren davonkommen dürfen.

Felix' Gesichtsfarbe wechselte von Rot zu Weiß und wieder zu Rot. Nervös knetete er seine Hände. „Ich bitte dich, Sabine, nun sei doch nicht so." Er zog mich wieder an meinem Arm Richtung Boot.

„Aua", brüllte ich, obwohl ich keine Schmerzen verspürte, „lass mich sofort los, du tust mir weh." Ich tat so, als müsste ich mich aus seinem Griff winden.

Felix schaut hilflos zu Peter, der zuckte mit den Achseln und kam zu uns. Zuckersüß sprach er zu mir: „Sabine, leider hat Felix niemand anderen gefunden, der euch mitten in der Woche fahren kann. Ich bin ja noch arbeitslos und so kann ich hoffentlich dazu beitragen, dass ihr euch wieder versteht. Ich möchte mich bei dir entschuldigen, ich habe mich in der Vergangenheit unmöglich benommen. Das tut mir leid. Jetzt kann ich das hoffentlich wieder gutmachen. Felix hat alles so schön vorbereitet. Ein tolles Picknick und Sekt. Selbst das Wetter ist auf eurer Seite. Ideal zum Baden, fast kein Wind."

Erst schaute ich ihn misstrauisch an, so von unten nach oben. Das hatte ich lange vorm Spiegel geübt. Dann sagte ich großmütig: „Dann will ich mal nicht so sein, wenn es dir leid tut." Ich stieg an Bord und rief übermütig: „Leinen los, wir stechen in See."

Die Erleichterung der beiden spürte ich fast körperlich.

Schnell machten sie das Schiff klar. Man merkte, dass sie ein eingespieltes Team waren. Felix löste die Leinen und half, die Fender einzuholen, damit wir schnell loskamen. Sie hatten wohl Angst, ich würde es mir doch anders überlegen. Das gab mir Gelegenheit, mich umzusehen.

Eine Ecke hatten Felix und Peter mit Kissen und Decken ausgestattet. Kuschelig, wie für Verliebte. In einer großen Eisbox eine Flasche Sekt und zwei Gläser. Was nicht passte, war, dass die beiden Gläser nicht kopfüber im Eis standen. Und in dem rechts stehenden Glas sah ich eine winzige Menge einer klaren Flüssigkeit. Schnell tauschte ich die Gläser gegeneinander aus.

Felix und Peter steckten im Steuerhaus die Köpfe zusammen und taten so, als wenn sie etwas auf der Karte anschauten. Ich schnappte mir die Flasche und füllte die

Gläser. „Felix, bitte komm, lass uns anstoßen, ich habe schon eingeschenkt!"

Irritiert schauten die beiden sich an. Felix kam und gab mir das rechte Glas. „Aber das ist viel voller als deines", protestierte ich. „Das macht nichts, es wird sicher nicht bei dem einen Glas bleiben. Auf deinen Geburtstag und dass sich alle deine Wünsche erfüllen!" Mit diesen Worten leerte Felix hastig sein Glas. Ich nippte an meinem nur. „Nun trink schon aus", forderte er mich auf, „wir wollen feiern. Schau dir die leckeren Sachen im Picknickkorb an. Das ist doch genau nach deinem Geschmack."

„Ja, du hast recht, lass uns feiern!" Ich nahm einen großen Schluck und prostete ihm zu.

Felix schenkte nach. Ich merkte, dass seine Bewegungen schon fahrig wurden. Ihm fielen fast die Augen zu. Krampfhaft riss er sie wieder auf. Ich stieß erneut mit ihm an und tat so, als ob ich wackelig auf den Beinen wäre.

„Uff, das Meer ist doch ganz schön kabbelig",
sagte ich mit etwas schwerer Zunge. Obwohl
jedes Kind die spiegelglatte Fläche sehen
konnte, nur ab und zu kräuselte sich eine
kleine Welle. Schon jetzt, um elf Uhr, brannte
die Sonne heiß. Das änderte nichts daran,
dass in mir Eiseskälte war.

Felix hatte sich in die Kuschelecke gesetzt,
weil er anders als ich, wirklich nicht mehr
sicher auf den Beinen war. Mit deinen eigenen
Waffen geschlagen, waren meine Gedanken.
Er starrte mich verwundert an. Ich setzte mich
neben ihn und streichelte seine Hände und
sein Gesicht.

„Ach mein armer Felix", säuselte ich, „geht
es dir nicht gut? Du bist doch nicht seekrank?
Es wird dir besser gehen, wenn du stehst und
tief Luft holst."

Mit Mühe bekam ich ihn in die Senkrechte.
Er klammerte sich an der Reling fest und
schwankte hin und her. „Habe ich", seine
Aussprache war schon undeutlich, „dein

Glas ...?" Der Rest war nur noch Gebrabbel. Ich nickte und damit er auch wirklich verstand, was mit ihm los war, sagte ich: „Ja, du hast deine eigenen K.O.-Tropfen getrunken."

Felix hing jetzt fast über der Reling. Ein kleiner Schubs würde reichen, aber dafür war es noch zu früh. Erst musste Peter sehen, was mit seinem lieben Felix los war. Der stand im Ruderhaus mit dem Rücken zu uns und hatte von dem ganzen Drama bisher nichts mitbekommen. Nur einmal hatte er sich kurz zu uns umgedreht, gerade, als ich Felix streichelte. Seine Wut hatte er nicht verbergen können, wahrscheinlich dachte er: „Muss das denn noch sein, in den letzten Minuten. Die Alte soll doch über Bord. Wir haben nur noch nicht die richtige Position. Sonst wäre sie schon weg."

Ich tätschelte Felix jetzt noch einmal kurz und sagte: „Ich gehe jetzt zu Peter, er soll sehen, was er angerichtet hat." Felix reagierte nicht, er war völlig apathisch.

Peter drehte sich erstaunt um, als ich ihm auf die Schulter tippte. Mich hatte er nicht erwartet. Nach seinen Berechnungen müsste ich betäubt in einer Ecke liegen.

Ich schrie, um mich ihm verständlich zu machen, trotzdem gingen meine Worte im Lärm des Motors unter. Aber auch nachdem Peter den Motor abgestellt hatte, schrie ich weiter, als wenn ich in Panik wäre. Ich schrie immer nur: „Felix, Felix ist krank. Du musst kommen. Los, mach schnell. Es geht ihm schlecht. Wir müssen sofort zurückfahren." Er schaute entsetzt und stotterte: „Mein Gott, was ist mit Felix, was hast du Hexe getan?" Er stürzte zu ihm hin und schüttelte ihn. „Felix, mein Lieber, komm zu dir. Das kannst du mir doch nicht antun. Du musst wach werden."

In mir breitete sich Ruhe und Genugtuung aus. Ich gebe ehrlich zu, ich genoss das Schauspiel sogar ein Stück weit. Mich hatten sie umbringen wollen. Ersaufen sollte ich, damit sie in meinem Haus zusammen wohnen könnten. Mit Sicherheit hatten sie sich über mich lustig gemacht: Diese pummelige, rothaarige Kindergärtnerin mit dem Thailand-Spleen, die braucht doch keiner. Ohne Gewissensbisse und Skrupel hatten sie alles geplant. Ja, mein lieber Peter, dachte ich, auch für dich habe ich noch ein Geschenk, warte nur ab. Erst einmal aber sagte ich zu ihm: „Hör auf herumzubrüllen. Felix ist nicht tot, noch nicht. Er hat nur eure K.O.-Tropfen getrunken, die für mich gedacht waren. Meine musste ich nicht anrühren." Triumphierend hielt ich mein Fläschchen hoch.

Peter schrie: „Du Hexe, du solltest tot sein", und stürzte mit erhobener Sektflasche auf mich zu. Seine Spucke flog mir entgegen. Wenn seine Augen hätten Feuer speien können, wäre ich schon ein Häufchen Asche. Ich ließ ihn noch etwas näher heran kommen. Ich musste ganz sicher sein. Ich hatte nur diesen einen kleinen Augenblick. Hinter meinem Rücken hielt ich meine Waffe bereit.

Jetzt, jetzt war er dicht genug. Ich trat einen Schritt zur Seite und sprühte Peter eine volle Ladung Pfefferspray ins Gesicht.

Er keifte „Hexe, Schlampe." Sogar in dem Zustand konnte er sich die Schimpfworte nicht verkneifen. Er ruderte mit den Armen, schrie grell nach Wasser und nach Felix.

Inzwischen war das Wetter umgeschlagen, ohne dass ich es bemerkt hatte. Ein Gewitter war heraufgezogen. Das Meer hatte eine dunkelgrüne Farbe und die Wellen trugen Schaumkronen. Das Schiff schlingerte führerlos hin und her.

Obwohl er kaum noch atmen konnte und fast blind war, hatte Peter es laut heulend an die Seite geschafft, an der Felix an der Reling hing. Dort stolperte er über ihn und klammerte sich an ihm fest. Felix wehrte ihn grunzend ab, er war jenseits von Gut und Böse. Immer wieder griff Peter blind nach Felix und genau so oft versuchte Felix, sich aus der Umklammerung zu befreien.

Ich war vollkommen ruhig, wie ein Stein, und starrte zu den beiden. Inzwischen goss es wie aus Kübeln, Blitze und Donner gingen mit Sturmböen einher. Das Schiff war zu einem Spielball der Wellen geworden. Ich saß völlig durchnässt auf dem Boden und hatte mich an irgendetwas am Ruderhaus festgeklammert. Und plötzlich waren sie verschwunden. Einfach weg. Ich konnte es nicht fassen. Eine große Welle hatte das Schiff emporgehoben und es mit einem lauten Krachen wieder aufgesetzt. Wenn ich nicht schon gesessen und mich mit aller Kraft festgeklammert hätte, wäre auch ich über Bord gegangen.

Ich kroch zur Reling und schaute aufs Meer. Von den beiden Männern war nichts zu sehen, nur hohe Wellenberge. Als wenn die zwei nie existiert hätten.

Ich ließ meinen Tränen freien Lauf. Es waren nicht unbedingt Tränen der Trauer, Freudentränen auch nicht, nein, dass überhaupt nicht, immerhin waren zwei

Menschen gestorben. Es waren ganz einfach Tränen der Erleichterung: Ich hatte mich erfolgreich verteidigt. Es konnte jetzt nur besser werden - falls das Unwetter nicht auch mich holte. Den Motor hatte ich nicht starten können. Selbst wenn, hätte ich nicht gewusst, in welche Richtung ich fahren sollte. Aber es gelang mir, über Funk Hilfe zu rufen, über mein Handy setzte ich noch zusätzlich einen Notruf ab.

Nach einer Stunde hatte mich die Küstenwache gefunden. Ich wurde mit trockenen Kleidungsstücken und heißem Tee versorgt. Alle waren voller Mitgefühl. Beide Männer über Bord, wie schlimm! Die waren aber auch leichtsinnig, sagten meine Retter, so ohne Schwimmwesten. Eine Schwimmweste trägt man immer, wenn man raus fährt. Und natürlich konnten bei dem Seegang auch die Rettungsringe nichts nützen, die ich den Männern noch hinterhergeworfen hatte. Ja, setzte ich in

Gedanken hinzu, so was nennt man wohl dumm gelaufen, denn Felix und Peter hatten das Risiko in Kauf nehmen müssen, um nicht auch mir eine Rettungsweste geben zu müssen. Dann hätte ich ja nicht ertrinken können, wenn sie mich über Bord geworfen hätten.

Die Polizei schrieb in ihren Bericht „Unfall". Die Camping-Nachbarn sagten: „Wie tragisch, sie waren aber auch sehr enge Freunde". Für das Wohnmobil fand sich problemlos auf dem Platz ein Käufer und die Formalitäten mit Ämtern und Versicherungen wegen Felix' Tod waren innerhalb kurzer Zeit auch erledigt.

Und damit hätte ich mein altes Leben wieder haben können. Wenn ich nicht dringender denn je nach Thailand gewollt hätte, erst einmal die gewonnene Reise antreten. So kündigte ich im Kindergarten.

Jetzt, wo meine Füße den feinen, weißen Pulversand spüren, kann ich die Vergangenheit loslassen. Es gibt noch so viel zu erleben. Das Geld von Felix' Lebensversicherung gibt mir für die nächsten Jahre finanzielle Sicherheit. Ich weiß nicht, ob ich nach Deutschland zurückkehre, vielleicht verkaufe ich auch mein Haus. Ich fühle, es ist der richtige Augenblick, die Flügel auszubreiten und mit einem neuen Lebensabschnitt zu beginnen. Wer weiß, vielleicht bleibe ich für immer in Thailand.

Meine Seele sagt jedenfalls „JA."

Mit dem Bus
nach Berlin

„Wo ist die Mütze?", murmelt meine Sitznachbarin im Bus. Sie sucht in ihrer großen Handtasche, ohne Erfolg. Dann holt sie ihre Reisetasche aus dem Gepäcknetz, um darin weiter zu suchen. Nichts! Langsam wird sie hektisch.

Innerlich beglückwünsche ich mich, dass ich den Fensterplatz habe. So kann ich in aller Ruhe ihr Suchen beobachten. Sie packt ihre Sachen aus der Reisetasche aus und legt alles auf ihren Sitz. Dabei spricht sie weiter, jetzt schon etwas lauter. „Wo ist diese verdammte Mütze, ich brauche sie. Ohne sie muss ich da gar nicht erst ankommen. Ich habe sie doch extra auf den Tisch gelegt, damit ich sie nicht vergesse. Verdammt, verdammt!"

Die Tasche ist fast leer. Ich schiele unauffällig zu der Frau rüber. Sie ist wahrscheinlich im gleichen Alter wie ich, so um die fünfzig Jahre. Auf ihrem Gesicht haben sich hektische rote Flecken gebildet. Mit einer Hand fährt sie sich in Abständen durch ihr kurzes dunkles Haar.

„Was mache ich nur, verdammt, was soll ich bloß machen. In einer Stunde sind wir in Berlin, wenn ich da ohne die Mütze auftauche, was sage ich dann?" Ihre Stimme ist jetzt wieder leiser, fast jammernd.

Ich schaue sie mir genauer an. Sie macht einen gepflegten Eindruck. Ihre Kleidung ist nicht neu, aber von guter Qualität. Ihre Hände, die den letzten Inhalt aus der Tasche befördern, sind klein und zierlich. Wie Künstlerhände, kommt es mir in den Sinn. Schwere Arbeit müssen die nicht leisten. Inzwischen ist ihr Sitz vollgepackt, aber eine

Mütze ist nicht dabei. Langsam packt sie alles wieder ein. Stück für Stück, fast liebevoll, legt sie die Teile vorsichtig hinein. Ich sehe, dass sie ihre Sachen schätzt. Manchmal streicht sie fast zärtlich über eine Bluse oder einen Rock. Man spürt, sie liebt ihre Kleidung und hat sicher jedes Stück sorgfältig ausgewählt.

Einige Teile aus meinem Kleiderschrank sehen ähnlich aus. Zum Beispiel besitze ich verschiedene schlichte Blazer, sie sind schon ein paar Jahre alt, aber die liebe ich über alles. Ich kombiniere sie immer wieder mit einigen modischen Teilen. Auch dieses Mal habe ich meinen Lieblingsblazer eingepackt. Er ist dunkelblau, halblang und wird nur mit einem Knopf geschlossen. „Ich besitze fast den gleichen", sage ich und deute auf den Blazer, den sie gerade liebevoll in der Tasche verstaut. Sie schaut irritiert: „Welchen gleichen? Ach so, sie meinen die Jacke, die habe ich schon lange. Aber ich kann mich einfach nicht von ihr trennen".

„Das geht mir genauso, ich habe meine fast zehn Jahre. Einige Klassiker kann man einfach nicht missen."

„Leider habe ich selten einen Anlass, die Jacke zu tragen, darum wird sie mir wahrscheinlich auch noch lange erhalten bleiben. Aber ich leide nicht darunter, denn sie haben recht: So ein Klassiker ist schön."

Ich schaue mir meine Nachbarin jetzt etwas genauer an. Sie wirkt geheimnisvoll. Ich würde gerne mit ihr ins Gespräch kommen. Das ist ein ungewöhnliches Bedürfnis bei mir, auf Reisen möchte ich normalerweise meine Ruhe haben. Deswegen habe ich oft ein Buch vor der Nase oder tue so, als wenn ich schlafe. Aber bei ihr bin ich neugierig.

„Wie schade", sage ich, „die kann man doch zu vielen Gelegenheiten tragen, ein Blazer passt doch immer, sogar im Büro. Ich könnte gut vorstellen, dass Sie in einem Büro arbeiten. Habe ich recht oder täusche ich mich?"

Sie errötet urplötzlich, bis in die Haarwurzeln: „Ja", bestätigt sie, „Büro ist schon richtig, aber da trage ich Berufskleidung."

„Was ist denn das für ein Büro?", wundere ich mich, „Das hört sich ja fast wie Uniform an. Arbeiten sie beim Militär?"

Ihre Röte wird noch tiefer. Jetzt ist sie es, die mich intensiv mustert. Sicher fragt sie sich, was will die denn nur von mir.

„Na, es geht mich ja nichts an", fahre ich fort. „Aber schade ist es schon, denn die guten Stücke wollen an die Luft und ihre Seidenblusen dazu sind so wunderschön, da kann man direkt neidisch werden."

„Möchten sie eine haben? Ich schenke sie ihnen gern", bietet sie mir an.

„Nein, nein", wehre ich erschrocken ab „so war das nicht gemeint. Ich dachte nur, es ist ja auch mal Feierabend. Dann passt eine schicke Bluse immer, wenn man etwas vorhat."

Sie schüttelt den Kopf und guckt mich, wie ich meine, etwas streng an.

„Ich werde ihnen von meinem Beruf erzählen. Aber da muss ich etwas ausholen, denn es ist auch gleichzeitig meine Berufung. Ich arbeite nämlich in einem Kloster. Normalerweise rede ich mit niemanden darüber, aber bei ihnen habe ich das Gefühl, als würden wir uns schon lange kennen. Ich habe den Eindruck, ich kann Ihnen vertrauen."

Ich bin erstaunt, so etwas hat noch nie jemand Fremdes zu mir gesagt. Im Beruf schon, ich arbeite viel mit Menschen aller Altersgruppen. Ich bin Motivationstrainerin und zeige den Menschen, wo ihre Stärken sind. Wie sie die gezielt einsetzen und sich durch Übungen immer wieder motivieren können. Ich habe Psychologie studiert und außerdem BWL. So habe ich auch mit einem trockenen *Rechenschieber* eine gemeinsame Sprache. Ich versuche den Menschen zu vermitteln, ich bin für dich da, ich verrate dich nicht. Was auch stimmt. Aus diesem Grund habe ich gute Erfolge und werde von vielen großen Firmen gebucht.

„Bis Berlin haben wir noch reichlich Zeit, da können wir uns gut unterhalten. Ich bin Sabine", stelle ich mich vor, „wollen wir uns duzen?".

„Ich bin Ingrid, und gerne."

Wir setzen uns gemütlich hin und sie erzählt mir ihre Geschichte.

Sie war zehn Jahre alt, da starb ihr Vater. Ihre Mutter war komplett überfordert. Sie hatte keinen Beruf und kein Geld, wie sollte sie alleine für ihre Tochter sorgen. Ingrid kam zu den Großeltern, die in einem kleinem Dorf bei Lüneburg lebten. Ihre Mutter fand in Hamburg Arbeit in einer Nachtbar. „Aber nur hinter der Bar" erklärte die Oma allen. Wenn sie das sagte, fuhr ihr der Großvater gehässig ins Wort: „Hä, hä, du glaubst wohl auch an den Klapperstorch!"

Mit zwölf Jahren hatte Ingrid schon einen kleinen Busen. Der Großvater schlich seit einer Weile um sie herum. Er drückte sie mal hier und streichelte sie mal da. Und alles mit unschuldiger Miene. Die Großmutter stellte ihn zur Rede, nachdem Ingrid ihr gesagt hatte: „Ich mag das nicht, wenn Großvater mich so anfasst." Der schimpfte über seine Enkelin: „Was bildet das Gör sich ein. Man nimmt sie auf, verwöhnt sie, und dann nichts als Undank. Die soll sich bloß vorsehen, sonst kommt sie in ein Heim." - „Lass sie in Ruhe, ich warne dich", sagte die Großmutter nur.

Dann war da dieser eine glühend heiße Sommertag. Es waren Schulferien und Ingrid kam mittags heim vom Badesee. Die Großmutter war zu einer Nachbarin gerufen worden, deren Tochter ein Baby bekam. Der Großvater hatte schon hinter der Tür auf Ingrid gewartet. Er stürzte sich sofort auf sie und traktierte sie mit Schlägen. Ingrid schrie wie am Spieß. Sie wehrte sich verzweifelt, zerkratzte sein Gesicht und seine Arme. Er warf sie zu Boden, setzte sich auf sie und drückte ihr den Hals zu, dass sie fast bewusstlos wurde. Plötzlich war die Großmutter da und riss ihn weg. Mit dem Besen schlug sie auf ihn ein.

Wenn sie nicht gerade noch rechtzeitig gekommen wäre, hätte er Ingrid vergewaltigt, da waren Ingrid und die Großmutter sich sicher. Trotzdem hatte der Großvater die Frechheit zu behaupten, Ingrid hätte ihn verführt und wolle ihm nur was anhängen. Er wäre schließlich nur ein schwacher Mann und Ingrid genauso verdorben wie ihre Mutter. „In den Knast gehört das Gör", schrie er. „Wohl eher du", empörte sich die Großmutter. Resolut hat sie ihn dann mit dem Besen in das Gartenhäuschen geprügelt, Fenster und Türen zugesperrt und ihre Tochter angerufen, die sofort anreiste.

Obwohl sie froh waren, dass alles noch glimpflich abgegangen war, heulten die drei erst einmal zwei Tage lang Rotz und Wasser. Währenddessen schimpfte und tobte der Großvater im Gartenhäuschen, wohl auch, weil er kein Essen bekam.

Dann hatten die beiden Frauen eine Entscheidung gefällt.

Ingrid versucht, während sie erzählt, ruhig zu bleiben, was ihr nicht ganz gelingt. Ich merke ihr die innere Zerrissenheit an. So nehme ich ihre Hand und streichele sie beruhigend. Ich kann sie so gut verstehen, auch bei mir kommen unangenehme Erinnerungen hoch. „Erzähl einfach weiter", bitte ich sie, „es muss einmal raus."

Ingrid sollte mit keinem über das Erlebte sprechen, die Leute würden sich nur das Maul zerreißen. Sie würde zukünftig in einem evangelischen Klosterinternat bei Bremen wohnen. „Aber ich habe doch überhaupt nichts gemacht, es ist doch nicht meine Schuld", weinte sie. Die Großmutter wiegte sie in den Armen und weinte mit ihr. „Das weiß ich doch, Du bist völlig unschuldig. Ich würde am liebsten deinen Großvater wegjagen, aber das geht nicht. Keiner würde uns glauben, 'er ist doch so ein netter Opa', würden die Leute sagen. Außerdem habe ich kein Einkommen, ohne die Rente von deinem Großvater kann ich nicht überleben. Deine Mutter kommt gerade so mit ihrem Geld zurecht für sich und dich. Das Haus gehört mir nicht. Ich wüsste noch nicht einmal, wo ich wohnen sollte. Hierbleiben kannst du nicht, denn ich weiß nicht, was deinem Großvater in seiner Wut noch einfällt." Die Oma versuchte, das alles ruhig zu erklären, aber immer wieder brach sie in Schluchzen aus.

„In Bremen haben wir Verwandte, die haben mir erzählt, das Klosterinternat sei sehr weltlich und offen. Gleich nach den Ferien kannst du mit der Schule da anfangen. Wir können dich oft besuchen. Die anderen Verwandten freuen sich schon, dich kennenzulernen. Sie haben auch zwei

Töchter, beide gehen auch in die Klosterschule. So hast du gleich Anschluss und bist nicht allein."

Langsam beruhigte sich Ingrid. Ihr war nicht bewusst gewesen, dass die Großmutter so abhängig vom Großvater war. Sie wusste zwar, dass sie kein eigenes Geld verdiente und sogar um ausreichend Haushaltsgeld regelrecht betteln musste, denn der Großvater war ein richtiger Geizhals. Immer hatte er gezeigt, wer das Geld verdiente. Jetzt würde es für die Großmutter bestimmt noch schlimmer werden. So sah Ingrid ein, dass es besser war, wenn sie ins Internat ging.

Am Ende waren die Jahre im Klosterinternat eine schöne Zeit für Ingrid. Sie schloss viele Freundschaften und einige bestehen heute noch. Sie hatte guten Kontakt zu den Verwandten. Die Mutter und die Oma besuchten sie viel, meistens kamen sie zu den Feiertagen. Dann trafen sie sich alle bei den Verwandten.

Außer Ingrid gab es noch fünf weitere Mädchen, die in den Ferien im Internat blieben. Sie hatten das große Glück, eine großartige Sportlehrerin zu haben. Zusammen mit ihr unternahmen sie Tagesausflüge oder wanderten von Jugendherberge zu Jugendherberge. Die Mädchen vergötterten sie. Als Ingrid sich im letzten Jahr vorm Abitur entscheiden musste, wie ihre Zukunft aussehen sollte, war es naheliegend, dass sie die Sportlehrerin um Rat fragte. Auf jeden Fall wollte sie später finanziell unabhängig sein. Denn sie hatte ja erlebt, wie fatal es ist, kein eigenes Geld zu haben. Das Gespräch mit der Lehrerin führte Ingrid noch einmal die außerordentliche Opferbereitschaft ihrer Großmutter und Mutter vor Augen. Jeden Pfennig hatten sie für das Internat zusammengekratzt und es wurde Zeit, dass Ingrid etwas zurück gab.

Sie entschied sich für eine Ausbildung als Krankenschwester. Auch, weil sie dafür den

Ort nicht verlassen musste, der ihr in den letzten Jahren zur Heimat geworden war, denn zum Kloster gehörten ein Krankenhaus und ein Stift.

Ingrid und ich sind inzwischen eng zusammengerückt. Ich halte immer noch ihre Hand. Ich habe das Gefühl, es fließt von meiner Kraft etwas in ihren Körper. In der anderen Hand hält sie ein zerknülltes Taschentuch, aber sie weint nicht. Nach einer Pause frage ich sie: „Hast du denn deinen Großvater noch einmal getroffen?"

„Nein. Er starb vor einigen Jahren an Krebs, Zwei Jahre hat er sich damit gequält. Und meine Großmutter dazu. Schmerzlindernde Mittel wollte er nicht, vielleicht war das seine Art von Buße. Aber einsichtig war er nicht, meine Mutter, die ihn ab und zu besuchte, hat er bis zum Schluss beschimpft. Nach seinem Tod hat meine Großmutter das Haus gut verkaufen können und sich in Lüneburg in ein Stift eingekauft.

Einen Teil des restlichen Geldes bekam meine Mutter und den größten Teil bekam ich. Zu meiner Mutter sagte sie: 'Du hast seit zwei Jahren einen sehr netten Partner, ihr solltet heiraten, denn ihr passt perfekt zusammen.' Und zu mir: 'Du kommst im Leben nur mit der Schwesternausbildung nicht weiter. Du musst noch Betriebslehre studieren. Dann stehen dir alle Türen offen. Das Geld sollte dafür reichen.'

Ich habe nicht lange überlegt und habe mich an der Hochschule in Lüneburg eingeschrieben. Da hatte ich meine Großmutter in der Nähe. Gewohnt habe ich in einer WG, das war lustig. Im Studium ging es zwar um eine ziemlich trockene Materie, aber das störte mich nicht, denn ich wusste ja, wofür ich studierte. Ich wollte unabhängig sein. Und das ist auch heute noch meine Devise."

„Meine auch", murmele ich, „ich wollte immer frei und unabhängig sein. Dafür habe ich mein Leben lang geackert." Ingrid guckt mich mit großen Augen fragend an.

„Ich habe eine ähnliche Geschichte. Ich habe noch nie mit jemandem darüber gesprochen. Ich glaube, es ist kein Zufall, dass wir uns treffen. Wir kennen uns nicht, aber trotzdem bist du mir vertraut. Normalerweise rede ich auf den Fahrten mit niemandem. Was machst du in Berlin, können wir uns treffen?" Ich sprudele das alles nur so heraus, völlig untypisch für mich.

„Ich bin zu einer Taufe eingeladen, ich bin die Patin", sagt Ingrid, „und ausgerechnet die Taufhaube habe ich vergessen. Meine Damen im Stift haben mir eine wunderschöne Haube genäht, mit Spitzen und Stickerei. So etwas gibt es nicht zu kaufen. Und ich dumme Nuss habe sie vergessen."

„Ärgere dich nicht", sage ich zu ihr, „es gibt Schlimmeres im Leben."

„Ja, du hast recht, ich werde einfach ein anderes Taufgeschenk kaufen. Ich bin vier

Tage in Berlin und treffen müssen wir uns unbedingt! Am besten, wir machen gleich einen Termin. Wie wäre es am Montag?"

„Montag ist prima. Was hältst du vom Teepavillon im Zoo? Mitten in der Woche ist es da ruhig. Treffen wir uns um elf? Dann können wir auch zusammen Mittagessen. Aber weißt du, was lustig ist? Ich bin auch eine Taufpatin."

Wir sind fast in Berlin angekommen, aber eine Frage muss ich ihr noch stellen. „Bist du nun eine Nonne geworden, weil du von Berufskleidung gesprochen hast? Ich kann mir das bei dir gar nicht vorstellen."

„Nein, so weit geht meine Liebe zur Kirche nun doch nicht. Ich bin Direktorin des Stifts in Lüneburg, in das sich meine Großmutter eingekauft hatte. Sie starb mit neunundachtzig Jahren und hatte dort fünfzehn wunderbare Jahre gehabt. Im selben Jahr ist meine Mutter dort übrigens eingezogen, da war sie neunundsechzig

Jahre alt. Ihr zweiter Mann war fast zur gleichen Zeit wie meine Großmutter gestorben und meine Mutter sah das pragmatisch: Was sollte sie allein leben? In Lüneburg kannte sie noch viele Leute und außerdem könnten wir uns dann oft sehen und sie könnte sich im Stift nützlich machen. Jetzt mit dreiundsiebzig Jahren ist sie immer noch flink wie ein Wiesel und arbeitet viel im Garten. Außerdem spielt sie mit viel Leidenschaft beim Lüneburger Laientheater mit."

Inzwischen hat Ingrid ihre und meine Reisetasche aus dem Gepäcknetz gehoben. „Mein Gott, was hast du in deiner Tasche? Die ist ja unheimlich schwer!", fragt sie.

„Ach nur ein paar Geschenke, schließlich ist nur einmal Taufe. Aber du solltest bei dir mal die Seitentasche öffnen, ich glaube, da findest du das, was du vorhin gesucht hast." Denn ich hatte einen kleinen Zipfel weißen Bandes gesehen. „Oh je", stöhnt sie, „da also habe ich sie hineingelegt, wie konnte ich das nur vergessen. So beginnt das Alter." Wir lachen beide herzlich. Einige Mitreisende gucken erstaunt. An ihren Gesichtern kann man ablesen, was sie denken. Was kichern die alten Weiber denn wie Teenager? Uns ist das völlig egal.

Beim Abschied umarmen wir uns herzlich, wie alte Bekannte. Wir werden uns am Montag wiedersehen, ich freue mich jetzt schon.

Während meines Aufenthalts in Berlin wohne ich bei meiner Patentochter. Wir haben ein sehr herzliches Verhältnis zueinander. Ich würde alles, was legal ist, für sie tun. In Portugal, an der Algarve, hatte ich sie vor vielen Jahren gewissermaßen aufgelesen. Damals war ich beruflich für drei Wochen in Lissabon und Porto gewesen. Zum Abschluss hatte ich noch ein paar Urlaubstage an der Algarve angehängt. Ich bummelte durch Faro, die eindrucksvolle Altstadt und das

Burggelände faszinierten mich. Viele der alten Fassaden mit ihren teils handgemalten, wunderschönen Kacheln wurden restauriert und auch heute noch wird die Arbeit fortgesetzt. Obwohl es eine so alte Stadt ist, haben sich viele junge Künstler angesiedelt. Es gibt Galerien an fast jeder Ecke und kleine moderne Modegeschäfte, mit eigenen Kreationen. Ein Gemisch aus verschiedenen Völkerschichten quirlt bunt durcheinander.

Am Nachmittag wollte ich mit dem Bus zurück nach Lissabon. Er würde Verspätung haben, stellte ich am Busbahnhof fest. Ich nahm es mit portugiesischer Gelassenheit. Mit dem Anspruch an deutsche Pünktlichkeit kommt man hier nicht weit. Eine Stunde könnte es später werden, sagte man mir. Was so viel heißt, wie: Es könnten auch zwei werden.

Für ein Abendessen zur Überbrückung der Zeit war es noch zu früh. Aber für eine *Bica* und eine *Pastei de Nata* war immer die richtige Zeit und ich liebe diesen starken Kaffee und dazu die schmelzende Süße des Gebäcks.

Bevor ich mich auf den Weg ins nächste Café machen konnte, hörte ich eine zaghafte Stimme: „Nein, nein, bitte nicht, ich will das nicht!" Und das auf Deutsch! Was war da los? Ich blickte mich suchend um und sah in der Ecke einen gut gekleideten Mann, der ein junges Mädchen bedrängte. Mit seinem Körper drückte er sie immer mehr an die Wand. Und tätschelte vertraulich ihren Arm. Bei mir stellten sich die Nackenhaare hoch.

Ohne lange zu überlegen, ging ich hin. Niemand von den anderen Wartenden schien die Bedrängnis des Mädchens wahrzunehmen. Oder wollte keiner etwas sehen?

Da ich sehr gut Portugiesisch spreche, redete ich gleich Klartext mit ihm: „Wenn du altes, schmutziges Schwein nicht sofort verschwindest, rufe ich die Polizei! Mein

Handy habe ich schon in der Hand, ich muss nur auf den Knopf drücken."

Er drehte sich zu mir und machte Anstalten, auf mich loszugehen. Seine Stirn rötete sich und der Mund stand halb offen. Ekelhaft anzusehen. Dann kehrte langsam seine Vernunft zurück und er fing an, mich zu beschimpfen. „Vertrocknete Jungfer" war dabei noch das Harmloseste. Jetzt erst wurden einige Leute aufmerksam. Er machte sich schnell davon.

Das junge Mädchen stand wie erstarrt und schluchzte. Eine Frau brachte ihr etwas zu trinken. Zu mir sagte sie: „Ich dachte, die beiden gehören zusammen."

Auf Deutsch fragte ich das junge Mädchen: „Was machst du hier, und wo willst du hin?"

„Ich will mit dem Bus nach Lissabon, mein Geld reicht gerade noch für das Ticket. Ich habe dort Studienfreunde, da kann ich wohnen."

„Studienkollegen?", fragte ich zweifelnd.

Sie sah aus wie fünfzehn. Da setzte sie sich aufrecht hin, um größer und erwachsener zu wirken. Ihre Tränen waren versiegt. Etwas schnippisch sagte sie: „Ich bin schon zwanzig". Gleich darauf bedankte sie sich für die Hilfe: „Ich hatte wirklich Angst".

„Mit Schüchternheit und 'bitte nicht' kommst du bei diesen Typen nicht weiter," erklärte ich ihr, „du musst energisch und laut sein, damit die Leute um dich herum aufmerksam werden. Aber in Portugal sprechen nicht viele Leute Deutsch, besser, du sprichst Englisch, das verstehen die meisten."

„Das wird mir eine Lehre sein, aber können sie bitte noch ein bisschen bei mir bleiben? Vielleicht kommt er zurück." Sie guckte mich flehend an. Was sollte ich nur mit diesem Kind machen?

„Aber gejammert wird nicht", sagte ich. „Wir gehen ins Café gegenüber, trinken Kaffee und essen Kuchen. Das bringt unseren Zuckerhaushalt wieder in Schwung. Später können wir zusammen nach Lissabon fahren, dahin will ich auch." Wie ein Hündchen folgte sie mir und ließ mich nicht mehr aus den Augen. Auf der Fahrt nach Lissabon haben wir viel geredet und gelacht. Ihre Freunde aus der WG holten sie ab und haben mich gleich adoptiert, obwohl ich mehr als zwanzig Jahre älter bin.

Das war vor zehn Jahren. Seitdem fühle ich mich verantwortlich für Susanne, mein „Patenkind." Wir halten engen Kontakt und egal, wo ich mich gerade aufhalte, wir telefonieren einmal in der Woche. Während ihres Studiums hat sie eine Zeit bei mir in Hamburg gewohnt. Als sie mir erklärte, sie wolle Steuerberaterin werden, reagierte ich zuerst leicht schockiert.

„So ein trockener Beruf, das passt überhaupt nicht zu dir."

„Nein, nein", belehrte sie mich „du musst die Menschen dahinter sehen. Sie brauchen

meine Hilfe und ich habe zu jedem meiner
Klienten persönlichen Kontakt. Außerdem
kann ich mir aussuchen, wen ich nehme."

Nun lebt sie schon seit einigen Jahren in
Berlin und hat ihre eigene Firma und eine
Angestellte. Ihren Mann Armin, er ist
Rechtsanwalt, hat sie witzigerweise auf einem
meiner Seminare kennengelernt. Ich hatte
einen Auftrag von einer großen Anwaltskanzlei
in Berlin, die jungen Anwälte sollten lernen,
Menschlichkeit bei ihren Gesprächen mit
Klienten und im Gericht rüber zu bringen. Als
Susanne davon hörte, sagte sie spontan: „Da
komme ich mit." Die beiden hat es wie ein
Blitz getroffen, nach einem halben Jahr war
Hochzeit. Die wurde nur im kleinen Kreis
gefeiert.

Aber bevor es so weit war, musste erst
einmal eine Familienzusammenführung
stattfinden. Denn Susanne wollte ihre Eltern
bei der Hochzeit partout nicht dabeihaben.
Trotzig hatte sie zu mir gesagt: „Ich lasse mir

doch den schönsten Tag in meinem Leben nicht von meinen Eltern vermiesen."

Susannes Vater kommt aus einem sehr reichen Elternhaus und hat das von seinem Vater angehäufte Vermögen durch viel Arbeit und Geschick noch vermehrt. Ihre Mutter war Sekretärin bei seinem Vater gewesen, einem Weiberhelden, der seine Finger oft nicht bei sich behalten konnte. Susanne hatte mir mal anvertraut: „Ich weiß gar nicht, wessen Kind ich bin, ob von meinem Vater oder Großvater. Auf jeden Fall liebt mich keiner von beiden. Sie stecken mir immer nur Geld zu. Früher habe ich sie dafür gehasst, inzwischen nehme ich es und denke, das ist das Mindeste, was sie für mich tun können."

Ich habe wegen der Hochzeit auf Susanne eingeredet wie auf einen kranken Gaul. Denn ich war davon überzeugt, jetzt mit der Hochzeit könnte es einen Neubeginn geben. Zuerst war sie ganz bockiges Kind, aber dann drangen meine Argumente zu ihr durch:

„Du bist eine starke junge Frau. Du kannst alles erreichen. Lass dich nicht von deinen Kindheitswünschen gängeln. Du hast zu wenig Elternliebe erfahren, ja, das ist schlimm, aber es gibt schlimmere Dinge im Leben. Du hast es immer komfortabel gehabt. Du wurdest nicht gequält oder missbraucht. Versuche also bitte, einen Schlussstrich unter die Vergangenheit zu ziehen. Vielleicht hat dein Vater auch keine Liebe von seinen Eltern empfangen. Das darf nicht immer so weiter gehen. Warum vereinbart ihr nicht eine Woche vor der Hochzeit ein Treffen? Deine Eltern, Armin und du. An einem neutralen Ort. Wenn es dann gar nicht mit euch funktioniert, musst du sie ja nicht zur Hochzeit einladen."

Es hat funktioniert. Seitdem haben sie sich einander angenähert, sprechen miteinander und benehmen sich wie eine Familie.

Jetzt sitze ich bei Susanne in der Wohnküche. Sie kocht, ich schnippele, zu mehr bin ich in der Küche nicht zu gebrauchen. Es ist eine entspannte Atmosphäre. Das große Haus, das nur zehn Minuten vom Wannsee entfernt liegt, haben sie vor einem Jahr gekauft. Das rote Klinkerhaus liegt eingebettet in einen wunderschönen, alten Garten. Riesige Bäume, Gartenhäuschen und Laube bieten viele Möglichkeiten zum Feiern und Entspannen.

Der Vorbesitzer, er war auch Rechtsanwalt, war urplötzlich verstorben. Seine Büroräume hatte er im Erdgeschoss gehabt, die obere Etage mit seiner Ehefrau bewohnt. Die Frau wollte nach dem Tod ihres Mannes auf keinen Fall weiter im Haus leben. Von der Familie wohnte nur ein Enkel in Berlin. „Willst du nicht mit deiner Freundin zu mir ziehen?", hatte sie ihn gefragt und zur Antwort bekommen: „Aber Oma, da draußen möchte ich noch nicht einmal tot über dem Zaun hängen. Zieh doch zu uns in die WG."

So nahm sie Kontakt zu Armins Seniorchef auf, mit dem ihr Mann befreundet gewesen war. Sie bat ihn, sich um den Verkauf des Hauses zu kümmern. Der hatte aber nicht so recht Lust und fragte Armin, ob er das übernehmen könnte. Er warnte ihn: „Sie ist eine schwierige Person". Armin machte das nichts aus und der Chef hat ihn dann gegenüber der Hausbesitzerin so sehr gelobt, dass sie der Änderung nur zustimmen konnte. Was sich für beide als Vorteil herausstellen sollte.

Armin mochte die alte Dame, sie war flott in ihrem Äußeren und flink im Kopf. Sie ließ sich nichts vormachen und wusste genau, was sie wollte. Die selben Qualitäten schätzte sie an Armin. Er redete nicht um den heißen Brei, erzählte keinen Schmus und war über alle Fakten zu Haus und Grundstück informiert. Er holte Angebote von verschiedene Maklern ein.

Der Eigentümerin ging es nicht darum, möglichst viel Geld zu bekommen, sondern dass die neuen Besitzer ihren Vorstellungen entsprächen. „Wissen sie", sagte sie zu Armin, „ich war in diesem Haus immer glücklich. Es ist mein Elternhaus, mein Vater hat es für meine Mutter bauen lassen. Jetzt möchte ich, dass es die richtigen Leute bekommen."

„Am liebsten würde ich es selbst kaufen", sagte er aus tiefsten Herzen, denn er war hingerissen von dem Haus und dem Garten. „Meine Frau würde es auch lieben und wenn wir Nachwuchs bekommen, wäre es ideal. Aber das Geld haben wir leider nicht."

Am Abend schwärmte er Susanne von dem Anwesen vor. „Stell dir vor, nur zehn Minuten vom Wannsee entfernt, ich könnte segeln. Im Garten könnte ein richtiger kleiner Spielplatz entstehen. Wenn ich die Augen schließe, sehe ich da schon unsere Kinder herum springen."

„Nun komm mal wieder runter", lachte Susanne. „Du weißt genau, das Geld haben wir nicht, und meinen Vater werde ich nicht bitten, basta!" Aber am nächsten Tag rief

Susanne mich an: „Ich brauche deinen Rat. Ich habe die ganze Nacht nicht geschlafen".

Normalerweise überlege ich es mir dreimal, bevor ich jemandem etwas rate. Denn ein falscher Ratschlag kann ein großes Unglück auslösen. Dieses Mal gab es für mich jedoch keine Zweifel: „Rede mit deinen Eltern, sie wären sehr traurig, wenn du sie nicht mit einbeziehst. Ich bin mir sicher, sie werden sich freuen und dir das Geld gern geben. Das ist eine Investition in die Zukunft. Du kannst dir das Haus doch mit deinen Eltern zusammen angucken. Ruf die alte Dame an und mach einen Termin."

Genauso kam es, die Eltern waren begeistert, die Hausbesitzerin auch und so wurden sie sich schnell einig. „Wenn ihr für den Umbau Geld braucht, sagt einfach Bescheid," kam es vom Vater zum Abschied.

Sie wollten nicht viel umbauen, nur im Erdgeschoss sollten einige Wände entfernt werden. Größere Fenster rein und alles in hellen Tönen streichen. Wohnen wollten sie unten, das Büro in den ersten Stock verlegen. Stolz zeigte Susanne mir die Pläne. Ich habe wohl ein bisschen sorgenvoll geguckt, denn sie fragte: „Was hast du, stimmt etwas nicht?"

„Doch", meinte ich, „noch ist alles in Ordnung, aber was ist, wenn du einen Klienten hast, der nicht gut Treppen steigen kann?"

Sie grinste: „Aber das ist ja gerade der Clou, wir haben einen großartigen Treppenlift, noch von der Vorbesitzerin. Sonst hätte ich meine Büroräume nach unten legen müssen. Aber zum Wohnen ist es unten viel schöner und die Kinder können gleich im Garten spielen."

„Die Kinder", fragte ich, „bist du, bekommst du?" Ich war richtig aufgeregt.

„Ja", jubelte sie, „du bist die Erste, die es erfährt, abgesehen natürlich von Armin. Es werden Zwillinge. Alles kommt zum richtigen Zeitpunkt. Ich bin jetzt fast dreißig, dann dieses wunderbare Haus und das Beste: Ich kann im Haus arbeiten. Ich fühle mich so leicht."

Jetzt, ein Jahr später, sitze ich in ihrer Wohnküche, weil die Taufe ihrer Zwillinge bevorsteht. Susanne bereitet ihre berühmte Gulaschsuppe zu. Seit der Entbindung strahlt sie eine große Gelassenheit aus. Sie ist bei sich angekommen. Sie würde alles, was ihr lieb ist, mit Klauen und Zähnen verteidigen, auch mich übrigens. Sie sagte einmal zu mir: „Du bist meine Freundin, meine einzige Vertraute und ein wenig auch meine Mutter."

Und nun darf ich Patin von einem ihrer Zwillingsmädchen werden. Ich bin stolz, glücklich und aufgeregt. Als Susanne mich fragte, ob ich Patin werden möchte, musste ich meine Tränen unterdrücken. Denn Susanne sagte noch einen Satz, der mir zu Herzen ging: „Dann hast du ein richtiges Patenkind, nicht nur so ein aufgelesenes wie mich."

Sie hatten mit dem Termin für die Taufe extra auf mich Rücksicht genommen, da ich die letzten zwei Monate in den USA war. Ich hielt an der Westküste verschiedene Seminare und Vorlesungen, von San Francisco bis Santa Barbara. Ich erzählte Susanne, während sie eifrig werkelte und ich ihr gemütlich dabei zusah, von einigen lustigen Erlebnissen bei meinem Aufenthalt dort. Aber nur die lustigen, alle anderen verschwieg ich ihr.

In Santa Barbara, ich hatte zwei freie Tage für mich eingeschoben, hatte es ein besonders schlimmes Erlebnis gegeben. Mein Hotel lag direkt am Strand, nur eine Straße musste überquert werden und man war auf der Promenade. Dort alle paar Meter einladende Bänke zwischen üppigen Blumenbeeten und Palmen. Gleich am ersten Tag hatte ich mich gleich nach dem Frühstück auf eine der Bänke gesetzt. Sie war fast zur

Hälfte von einem kleinen Mädchen belegt, wohl acht oder neu Jahre alt. Sie war genauso hübsch angezogen wie die Barbiepuppen, mit denen sie sich beschäftigte. Ihre Fingernägel waren knallrot lackiert, sie trug Rouge und Lippenrot. Aus einem kleinen Koffer hatte sie ein paar Kleidungsstücke der Puppen auf der Bank ausgebreitet. Sie wechselte die Kleidung von einer zur anderen und schimpfte leise mit den Puppen.

„Sei nicht so störrisch, du musst das jetzt machen. Sonst wird es dir schlecht ergehen. Du weißt Bescheid. Also stell dich nicht so an." Murmel, Murmel.

Alles verstand ich nicht, darum fragte ich sie: „Verkaufst du deine Barbies und ihre Kleider?" Mit riesigen Augen schaute sie mich erschrocken an. Unvermittelt kullerten ein paar Tränen über ihre Wange. Sie presste zwei ihrer Puppen an sich und stieß hervor: „Nein, meine Kinder behalte ich, die gebe ich keinem."

Die Reaktion erstaunte mich, was hatte ich da ausgelöst? Wie aus dem Nichts stand plötzlich ein Mann neben mir. Er fauchte mich an: „Was willst du alte Schlampe hier, verpiss dich. Bist du eine Lesbe, die auf kleine Mädchen steht? Verschwinde bloß!"

Ich war wie erstarrt, so etwas war mir in meinem Leben noch nicht passiert. In was für ein Wespennest hatte ich da gestochen? Ich stotterte: „Ich wollte nur hier sitzen." Noch nie habe ich gestottert. Der Schreck war mir in die Glieder gefahren. Ich konnte mich gar nicht so schnell erheben, wie ich wollte. Meine Beine waren nicht betriebsbereit.

„Los verschwinde oder ich mache dir Beine. Du versaust uns das Geschäft."

„Geschäft" hörte ich nur. Also verkauft sie doch die Puppen, dachte ich. Dann fiel bei mir der Groschen. Wie ekelhaft, wie widerlich, was war das nur für ein Mensch? Anzeigen müsste man so etwas, dachte ich. Aber er würde alles abstreiten, keiner könnte ihm was beweisen. Ich ging zurück zum Hotel und setzte mich auf die Terrasse des Restaurants. Von da aus würde ich alles gut beobachten können.

Ich sah, wie der Mann mit wilden Gesten auf das kleine Mädchen einredete. Es setzte sich wieder gerade hin, legte Puppenkleider aus dem Koffer auf die Bank und lächelte ihn an. Ich vermutete, dass es ihr Vater war. Großer sportlicher Typ, angezogen, als wenn er gleich zu einem Golfturnier gehen wollte. Das muss alles die kleine Maus verdienen, du Schweinehund, dachte ich. Dann verschwand der Mann wieder. Ich blieb sitzen, ich brauchte einen Beweis, dass ich mich nicht geirrt hatte.

Nach einigen Minuten schlenderte ein anderer Mann heran und setzte sich auf die Bank neben das Mädchen. Er tat so, als würde er in der Zeitung lesen, aber seine eine Hand wanderte zu dem Kind hinüber. Dann rutschte er langsam näher an die Kleine heran, fasste sie am Nacken und streichelte sie. Eilig packte sie ihre Sachen in den Koffer. Und dann erschien wie aus dem Boden geschossen der erste Mann wieder. Die drei saßen jetzt eng beieinander auf der Bank, das kleine Mädchen hatte ihren Koffer zwischen sich und den Kunden gezwängt. Sie wurde gerade verkauft, das war für mich offensichtlich. Das Mädchen ging dann Hand in Hand mit dem vermutlichen Freier weg. Sofort ging ich zum Hotelmanager und schilderte ihm, was sich da eben abgespielt hatte. Der rief die Polizei an und innerhalb kürzester Zeit waren zwei Polizisten vor Ort. Sie baten mich um eine Beschreibung der Situation und der Männer. Da ich durch meinen Beruf einen guten Blick auf Menschen habe, konnte ich ihnen ein genaues Bild liefern. Manche Menschen sind es wert, Menschen zu sein. Manchmal könnte man verzweifeln an ihrer Gemeinheit. Was daraus geworden war, weiß ich nicht. Aber ich weiß eines ganz genau: Wenn ich das nächste Mal den Eindruck habe, da wird ein Kind missbraucht, werde ich einschreiten, so wie ich es bei Susanne getan hatte.

Bei Susanne in der Küche ist es inzwischen recht hektisch geworden, es kocht und brutzelt. Susanne aber bleibt die Ruhe in Person. Sie rührt hier und wendet da etwas und alles im rechten Moment. Ich genieße es und freue mich auf den morgigen Tag. Denn morgen wird groß gefeiert. Das meiste Essen zum Brunch wird angeliefert, aber die Zubereitung ihrer speziellen Suppen und Kuchen wollte sich Susanne nicht nehmen lassen.

„Wer kommt denn alles?", frage ich.

Susanne zählt auf: „Unsere Familien, ein paar Freunde von mir. Sogar mein Studienfreund aus Portugal, du kennst ihn. Freunde von Armin und die Vorbesitzerin, die sich bei uns sehr wohl fühlt und jetzt, wo die Zwillinge da sind, erst recht. Stell dir vor, sie ist tatsächlich in die WG zu ihrem Enkel gezogen. Mit siebzig Jahren, es hat sie richtig verjüngt. Sie ist pausenlos unterwegs. Dann kommt noch die zweite Patin. Du kennst sie noch nicht. Ich bin mal gespannt, wie ihr beide euch versteht."

„Ach, ist das die halbe Nonne?", frage ich. „Du hast mal so etwas erwähnt."

„Halbe Nonne, was ist denn das. So etwas habe ich nie gesagt", entgegnet Susanne, „nur kein Vorurteil, sie ist sehr nett und klug."

„Gut, ich lasse alles auf mich zukommen, ob halbe Nonne oder nicht. Du suchst dir schon die richtigen Menschen aus", sage ich.

„Ja", sagt sie im Brustton der Überzeugung, „das hast du ja bei dir gemerkt. Ich habe mich einfach an dich gehängt und du wirst mich auch nicht mehr los."

Sie breitet ihre Arme weit aus und dreht sich einmal um sich selbst, als wenn sie sagen will, du gehörst einfach zu uns. Dieses Gefühl beruht auf Gegenseitigkeit. Ich wusste gleich in Portugal, Susanne ist die Tochter, die ich nie haben würde. Sie ist für mich meine Familie.

Am nächsten Tag strahlt die Sonne. Schöner kann ein Herbsttag nicht sein. Er ist golden, das Laub an Bäumen und Sträuchern im Garten leuchtet in den verschiedensten Farben. Alle Fenster und Türen sind weit geöffnet.

Susannes Eltern kommen als Erste. Ganz geheimnisvoll überreichten sie ihr einen großen Umschlag. Susanne guckte streng: „Aber ihr solltet doch nicht", wehrt sie ab.

„Nein, es ist kein Geld", kommt vom Vater. „Wir haben uns überlegt, nach der Anstrengung mit dem Umbau braucht ihr vier eine Erholung. Wir haben die Termine mit Armin und deiner Angestellten besprochen und ein Häuschen an der Ostsee für euch gemietet. Es kommt jeden Tag jemand, der für euch kocht. Ihr müsst euch um nichts kümmern. Aber es sind nur vierzehn Tage, für mehr reichte mein Geld nicht", zwinkert er seiner Tochter zu.

Susannes Gesichtsfarbe hatte von blass zu Rot gewechselt. Jetzt hat sie ihre normale Gesichtsfarbe wieder und atmet einmal tief durch.

„Armin hatte die ganze Zeit ein Geheimnis und ich habe nichts bemerkt", lacht sie. Dann umarmt sie ihre Eltern. Wahrscheinlich zum ersten Mal, denn beide schauen überrascht. Die Freude ist ihnen anzusehen und sie drücken Susanne eng an sich. Gott sei Dank, der Bann war wohl endgültig gebrochen.

Plötzlich spielt Musik. Armins Freunde haben als Überraschung ihre Instrumente mitgebracht. Überall frohe Gesichter, viele wippen mit. Dann sehe ich Ingrid. Was macht die denn hier?

„Da, schau", sagt Susanne, „da ist die zweite Patin. Die halbe Nonne", raunt sie mir noch zu und kichert. Was war ich doch blöd! Dass Ingrid die zweite Patin sein würde, war mir nicht in den Sinn gekommen. Obwohl sie mir erzählt hatte, dass sie als Patin zu einer Taufe in Berlin sein würde. Ingrid geht es aber genauso, da steht sie in ihrem schicken blauen Blazer und schaut mich verblüfft an. Wir umarmen uns, als hätten wir uns eine Ewigkeit nicht gesehen.

„Eine schönere Überraschung gibt es nicht", sagten wir fast gleichzeitig. Susanne guckte perplex von einer zur anderen. „Ihr kennt euch?"

„Wir haben uns gestern im Bus miteinander unterhalten. Aber", setze ich hinzu, „wir haben beide das Gefühl, wir kennen uns schon lange. Deswegen haben wir uns gleich für Montag verabredet."

„Oh, das ist schön, dass ihr beide euch gut versteht, ich hatte schon ein wenig Bedenken", meint sie.

„Wieso Bedenken, wir sind doch die nettesten Menschen der Welt", kommt es von uns im Chor.

„Ja, natürlich, ihr habt recht. Aber ihr seid auch sehr unterschiedlich und wenn Feuer auf Wasser trifft, ist es manchmal schwierig. Aber so ist es ein großes Geschenk für mich."

„Nicht nur für dich, für uns alle. Es sollte wohl so sein und das alles wegen einer kleinen Mütze", witzele ich.

Die Feier ist heiter und stimmungsvoll. Ab und zu werden launige kleine Reden gehalten und die Zwillinge von den Großeltern beschmust und bespaßt. Die Kleinen sind der Mittelpunkt und strahlen alle an, als wenn sie das wüssten. Ich beobachte, dass Susannes Eltern immer wieder Händchen halten und ihre Blicke sich suchen. Wie ein frisch verliebtes Paar, denke ich. Ich glaube, so ein Wunder bewirken nur Enkelkinder.

Der nächste Tag gehört der Familie. Nur Susannes und Armins Eltern und wir zwei Patinnen als Gäste. Ich bin so stolz und glücklich. Ingrid ergeht es genauso und wir müssen beide ein paar Tränen wegwischen.

Der Pastor hatte bei der Taufe eine kurze, aber markante Rede gehalten. Er sprach von Verantwortung, Liebe in der Familie und von Vergebung. Diese Rede war mir die ganze Nacht nicht aus dem Sinn gegangen. Ich hatte kein Auge zugetan. Ich hätte vieles zu vergeben. Aber ich wusste, ich würde es nicht können. Denn in meiner Familie hatte keiner Verantwortung übernommen.

Ich hatte das Gästezimmer bei Susanne im ersten Stock bezogen. Wahrscheinlich kam alles zusammen. Die Rede, die Lichtstrahlen der vorbeifahrenden Autos, was Ingrid berichtet hatte. Das brachte die Erinnerungen an meine Kindheit zurück, die ich in eine Schublade gepackt und eingeschlossen hatte. Jedenfalls hatte ich das gedacht, nur drängten sie jetzt heraus.

Alles war damals, in meiner Kindheit, im Aufbruch gewesen. Jeder war Ende der fünfziger Jahre um sein eigenes Fortkommen besorgt. Alle wollten am Wirtschaftswunder teilhaben, wollten mit der Zeit gehen. Anderes änderte sich nicht. Keiner klärte die Kinder auf. Nur vor Mitschnackern wurde gewarnt. Aber vor dem eigenen Vater nicht.

Ich war das einzige Kind und schon immer hatte mein Vater mich sehr verwöhnt. Er hatte mit mir gespielt, herumgetobt und mich beschenkt. Ab und zu murrte meine Mutter: „Du verwöhnst sie viel zu sehr."

„Ach lass doch, sie ist doch unsere Einzige", war seine Antwort.

Meine Mutter fuhr in letzter Zeit oft zu ihrer Schwester, die nicht gesund war und ihre Hilfe brauchte. Wenn sie weg war, kochte ich, einfache Gerichte, die sie mir beigebracht hatte. Mein Vater lobte mich: „Du kannst das wirklich gut. *Du bist mein kleines Frauchen.*" Unwissend und naiv, wie ich als Elfjährige war, war ich stolz über sein Lob.

An einem Donnerstag, an einem 4. Juli, passierte es. Meine Mutter war wieder einmal bei meiner Tante. Ich hatte gekocht, Kartoffelbrei und Grützwurst. Ich hatte das schon oft gemacht und immer war es mir gelungen. Nur dieses Mal platzte die Grützwurst und die Masse mit den Rosinen quoll in die Pfanne. In kürzester Zeit war alles fest angebrannt. Es sah richtig eklig aus. Ich jammerte laut, und mir liefen die Tränen. „Komm mal her", sagte mein Vater, „das ist doch nicht schlimm." Er zog mich auf seinen Schoß und wiegte mich, wie schon so oft. Er flüsterte mir ins Ohr: „Ich werde dich trösten, du musst keine Angst haben. *Du bist doch mein kleines Frauchen."*

Ich spürte Unbehagen, denn bei meinem Vater wuchs etwas, was ich nicht einordnen konnte. Außerdem atmete er schwer, das war mir unheimlich. Ich wollte von seinem Schoß hinunter und fing an zu zappeln. Was ihn zum Keuchen brachte. Dann packte er mich, trug mich auf das Sofa in seinem Arbeitszimmer und legte sich auf mich.

Auch nach Jahren kann oder will ich mich nicht daran erinnern, was dann passierte. Ich weiß nur noch, dass ich Schmerzen hatte, blutete und mein Vater mich säuberte und in mein Bett trug.

Pausenlos redete er dabei auf mich ein. Ich habe nicht viel davon behalten. Eingebrannt in mein Gedächtnis blieb: „Du bist jetzt eine Frau. Nur beim ersten Mal tut es weh. Du wirst sehen, beim nächsten Mal ist es auch für dich schön. Ich liebe dich sehr und du mich auch, ich weiß das. Das hier muss *unser Geheimnis bleiben*."

Ich blieb drei Tage im Bett. Ich aß nichts und hatte Fieberträume. In meinen Träumen geisterten die Sätze „Beim nächsten Mal" und „es muss unser Geheimnis bleiben."

Bei der Rückkehr meiner Mutter hatte ich immer noch Fieber. Sie schimpfte mit meinem Vater: „Warum hast du nicht angerufen, ich wäre sofort zurückgekommen. Was hat sie denn?"

„Wahrscheinlich unreifes Obst gegessen, aber es ist nicht so schlimm. Du weißt doch, wie Kinder sind, und sie stellt sich auch ein bisschen an."

Ich hatte mich an meine Mutter geklammert und weinte. „Bitte bleib hier", heulte ich. Sie schaute mich forschend an, aber fragte nicht.

Jahrelang, auch wenn meine Mutter nicht verreist war, kam mein Vater manche Nacht zu mir. Was meine Mutter angeblich nie mitbekommen haben will. Ich bat sie um einen Schlüssel für mein Zimmer.

„Was soll das denn", meinte sie, „wir gucken dir schon nichts ab. Sei nicht so zimperlich. Bei uns ist keine Tür verschlossen."

Wenn es nur gucken gewesen wäre, aber sie hatte mit Absicht ihre Augen verschlossen. Davon bin ich heute noch überzeugt.

Bis ich fünfzehn war, musste ich für meinen Vater „das kleine Frauchen" sein. Ich fiel jedes Mal in eine Schockstarre und war steif wie eine Puppe. Es war nur mein Körper, mein Geist wanderte an einen wunderschönen Strand oder in einen Wald. Manchmal war ich eine Blume oder ein Vogel. Ich war frei. Was da lag, war nur meine Hülle.

Ich kann es immer noch nicht verstehen, wie mein Vater daran Vergnügen finden konnte. Quasi an einer Holzpuppe. Erst als mir Brüste und Schamhaare gewachsen waren, ließ sein Interesse nach.

Mit achtzehn Jahren, gleich nach dem Abi, bin ich sofort zu Hause ausgezogen, obwohl man damals erst mit einundzwanzig Jahren volljährig war. Meine Eltern wagten nicht, mich aufzuhalten. Wahrscheinlich waren sie sogar froh, dass ich ging, ich muss ja das wandelnde schlechte Gewissen für sie gewesen sein.

Mein Vater gab mir einige tausend Mark, ein kleines Vermögen. „Für den Neustart", sagte er. „Freikauf? Klappt nicht", dachte ich, „aber das Geld steht mir zu. Und ich kann es für mein Studium und das WG-Zimmer gut gebrauchen".

Aufgewühlt von meinen Erinnerungen laufe ich im Zimmer auf und ab. Meine bisher fest verschlossene Schublade ist weit auf. Ich werde sie jetzt ausräumen, sonst finde ich nie Ruhe. Ich muss vergeben und einen Schlussstrich ziehen.

Wenn ich an den Termin beim Notar denke, nachdem mein Vater tot war, muss ich jetzt noch lachen. Mit 62 Jahren war er an Prostatakrebs gestorben und hatte ein nicht unerhebliches Vermögen hinterlassen. Ich hatte nie wieder Kontakt mit meinen Eltern gehabt, auch zur Beerdigung war ich nicht gegangen.

Als meine Mutter bei der Testamentseröffnung hörte, dass sie nur das Pflichtteil und das Wohnrecht im Haus bekam, flippte sie fast aus. Sie konnte sich überhaupt nicht beruhigen und keifte wie ein Fischweib: „Jahrelang habe ich ihn gepflegt. Du hast dich nie mehr sehen lassen. Zum Schluss war er richtig widerlich. Und dann erbst du das Haus!"

Der Notar sagte: „Klären sie das mal unter sich, ich gehe für zehn Minuten hinaus."

Ich schaute meine Mutter an und sagte im ruhigen Ton: „Er war immer widerlich, nicht nur zum Schluss. Du vergisst, was er mir angetan hat. Und wage nicht, es abzustreiten, du hast es gewusst und mir nicht geholfen. Du hast mich geopfert, damit du deine Ruhe hattest."

„Was hätte ich denn machen sollen", jammerte sie, „keiner hätte mir geglaubt. Er war eine angesehene Persönlichkeit. Außerdem war ich abhängig von ihm. Ich selbst hatte doch nichts." - „Ja, das schöne Leben erfordert Opfer", sagte ich sarkastisch zu ihr.

Zwei Jahre später erfuhr ich, dass sie wieder geheiratet hat, einen nicht unvermögenden Mann, mit dem sie in meinem Haus lebt. Aber das ist mir egal. Ich werde es sowieso sofort verkaufen, wenn sie tot ist. Für mich hängen nur böse Erinnerungen daran.

Die Nacht ist fast zu Ende. Ich habe viele Seiten vollgeschrieben. Meine Schublade ist leer. Ich zerreiße die Papiere in kleine Teile und stopfe sie in eine Tüte, ich werde nachher im Garten alle Schnipsel verbrennen. Dann ist mit der Vergangenheit ein für alle Mal Schluss.

Portugal geht mir nicht aus dem Kopf.

Das Land und die Leute haben mir immer sehr gut gefallen. Die Menschen sind zurückhaltender als die Spanier. Wenn du einen Freund in Portugal hast, bleibt er dir für immer. Es werden noch einige *Quintas* angeboten, einfache Bauernhäuser mit viel Land drumherum. Das könnte ich mir gut vorstellen für meinen nächsten Lebensabschnitt. Dort könnte ich meine Seminare abhalten, die Teilnehmer könnten im Haus wohnen und Besucher wären sowieso jederzeit willkommen. Ich werde morgen

Susanne, Armin und Ingrid fragen, was sie davon halten. Ach, es ist ja schon morgen, also heute.

Auf in die Zukunft!

Der erste August

Im Dorf herrscht eine unheimliche, angespannte Stille. Es ist der erste August, der Tag, der von der Dorfgemeinschaft zum Horrortag erklärt wurde. Vor fünfzehn Jahren geschah eine schreckliche Untat. Jedes Jahr denken alle daran, aber keiner mag laut darüber sprechen.

An diesem Tag ziehen die Dorfbewohner es vor, in ihren Häusern zu bleiben. Jeder geht einem Streit aus dem Weg und wartet darauf, dass der Tag vorbei ist. Wer kann, arbeitet nicht oder sucht sich wenigstens eine ungefährliche Tätigkeit aus. Eine hohe Leiter zu ersteigen oder mit dem Trecker auf das Feld zu fahren, das würde in diesem Dorf am ersten August niemandem einfallen.

Auch in diesem Jahr sind die Straßen wie ausgestorben. Eine unerträgliche Hitze liegt über dem Dorf. Vom Westen ziehen schwarze Gewitterwolken auf, in der Ferne hört man Donnergrollen. Alle warten auf den Regen und auf das Ende dieses Tages. Genau wie vor fünfzehn Jahren.

Das Dorfleben hat sich seitdem stark verändert. Still und heimlich haben sich Zweifel und Misstrauen eingeschlichen und Fronten zwischen den Bewohnern aufgebaut. Hinter vorgehaltener Hand flüstern die aus der Gruppe der *Allwissenden* sich zu: „Wir haben schon immer gewusst, dass es in dem Haus mal ein schreckliches Unglück geben wird." Sie benutzen Worte wie *Gottes Strafe* und *Gotteslästerung.* Andere sehen das anders, aber alle sind sich einig: Aus dem Dorf hatte keiner mit dem Mord zu tun. Der erste August musste verhext sein, sonst hätte das nicht geschehen können.

An keinem ersten August der nächsten Jahre ist übrigens je wieder etwas Schreckliches passiert, von kleinen Unfällen einmal abgesehen, wie sie alle Tage passieren konnten: Aufgeschürfte Knie, geklemmte Finger, ein verstauchter Fuß und auch mal ein Hundebiss. Wenn das am ersten August passierte, sagt so manche Mutter dennoch zu ihrem Kind mit erhobenem Finger: „Siehst du, das passiert nur am ersten August. Er ist verhext." Einige Kinder, vor allem die mutigen Jungen, wagen es trotzdem, an dem Tag draußen unterwegs zu sein und laut zu lachen. Aber wenn sie mit ihrem Fahrrad an dem Haus vorüberfahren, treten sie etwas kräftiger in die Pedale, damit sie schnell vorbei sind.

Das Grundstück ist riesig, fünf Hektar groß. Früher gehörte es einer adligen Familie. Einer der Sippe war wohl ein verrückter Spieler. Dadurch hatte die Familie alles verloren. Keiner weiß genau, wer jetzt die Besitzer sind. Die kommen aus Amerika, wird vermutet. Das Haus ist eine riesige Villa aus hellgelbem Kalksandstein. Es hat einen ersten Stock und einen großen ausgebauten Dachboden. Der überdachte Eingangsbereich wird von zwei Säulen getragen. Das Vordach ist gleichzeitig der große Balkon für den ersten Stock. An der Rückseite gibt es einen riesigen Wintergarten. Von da aus kommt man in den parkähnlichen Garten. Ein Fußweg führt zu einem See am Ende des Grundstücks, von Wald umgeben. Überall blühen Blumen, in den Beeten, in großen Trögen, auf dem Balkon. An den Wänden ranken üppige Kletterrosen, deren Duft sich fast betäubend mit dem des Lavendels mischt. Die vordere Einfahrt hat noch altes Kopfsteinpflaster, man kann es sich gut vorstellen, dass früher hier die Kutschen vorfuhren. Heute befindet sich in der alten Remise die Garage.

Etwas abseits steht ein kleines, neueres Haus, in dem damals vor fünfzehn Jahren der Gärtner und seine Frau lebten. Die Frau bekochte die Bewohner und kümmerte sich um die Einkäufe. Einmal in der Woche kam ein Reinigungstrupp aus der naheliegenden Stadt und eine Hilfe für den Gärtner. Die Bewohner der Villa sah man nur selten.

Bewohnt wurde sie zum Zeitpunkt des schrecklichen Mordes nur von einer jungen Frau mit ihrer etwa fünf Jahre alten Tochter. Die frühere Besitzerin, ihre Tante, war ein halbes Jahr zuvor gestorben. Sie hatte ihre Nichte und das Kind aufgenommen, als das noch ein Säugling gewesen war, und ihr das Haus vermacht.

Die Dorfbewohner hatten den Gärtner und seine Frau mit Fragen bombardiert. „Wer ist die junge Frau? Wie alt ist das Kind? Ist sie aus Amerika? Spricht sie Deutsch? Wo ist der Mann?" - „Sie ist die Nichte und ja, sie spricht auch Deutsch, das Kind ist ein halbes Jahr alt und von einem Mann war noch nicht die Rede." Und die Frau des Gärtners hatte begeistert hinzugefügt: „Das Mädchen ist so ein liebes Kind, sie weint nie und lächelt viel." Mehr war von ihnen nicht zu erfahren und viel mehr wussten sie selbst ohnehin nicht. Es kam keine Post ins Haus und wenn Anrufe kamen, wurde nur Englisch gesprochen. Außerdem hatten sie sich zum Schweigen verpflichtet und sie würden ganz bestimmt nicht ihr gutes Gehalt aufs Spiel setzen, indem sie irgendetwas von dem, was im Haus passierte, herumtratschten.

Heute, auf den Tag genau 15 Jahre nach dem Mord, ist Gott sei Dank noch nichts passiert. In eineinhalb Stunden ist es Mitternacht und dann sind alle wieder für ein Jahr erlöst.

Die Gluthitze hat sich bis in den Abend gehalten. Der Leiter des Polizeireviers, Georg, den alle nur Schorsch nennen, liegt in seiner Hängematte im Garten und zwingt sich zur Ruhe. Er versucht es sogar mit einem leisen *„Ommh, Ommh"*, wie man es ihm beim Yoga beigebracht hat. Aber zur Ruhe kommt er trotzdem nicht. Immer wieder kehren seine Gedanken zu jenem verhängnisvollen ersten

August vor 15 Jahren zurück und verursachen bei ihm eine Gänsehaut. Er wünschte, man hätte damals wenigstens aufklären können, wer den Mord begangen hatte und warum.

Sein persönliches Schicksal ist eng mit diesem Mord verknüpft. Schorsch, der aus dem Dorf stammt, war vor fünfzehn Jahren aus der Stadt zurückgekehrt. Seine Ausbildung bei der Polizei als Kommissar hatte er abgeschlossen, zusätzlich verschiedene Lehrgänge absolviert. Der alte Revierleiter in seinem Dorf ging in Pension und Georg war bereit, Verantwortung zu übernehmen. Seine Frau Beate war begeistert, als ihr Mann das Angebot bekam: Er hatte schon so viel erreicht und nun Revierleiter, das war noch einige Stufen auf der Karriereleiter nach oben.

Ein Haus stand zur Verfügung, groß genug für Georg, seine Frau und den kleinen Sohn, mit einem Garten, der sogar einen Grillplatz hatte. Selbst einen Kindergartenplatz für den kleinen Thomas zu finden, war kein Problem. Georg trat gleich in den Schützenverein und in den Sportverein ein und Beate wurde in diverse Frauentreffs eingebunden. Sie fühlten sich wie bei einem *Rundumsorglos-Paket.*

Aber sie waren gerade erst drei Monate im Dorf, da passierte dieses schreckliche Verbrechen. Die Auswirkungen ließen später ihre Ehe in die Brüche gehen. Nie wieder konnte sich Georg nach dem Mord ganz entspannt zurücklehnen. Und an jedem ersten August geriet er seitdem fast in Panik. An dem Tag ging er nie nach Hause, sondern blieb im Revier. Seine Frau konnte nie akzeptieren, dass ihn der Fall nicht losließ.

Das Dorf veränderte sich nach dem Mord, schleichend wurde das Verhältnis der Menschen zueinander ein anderes. Beate bemerkte es zuerst. Wenn sie zu einem Frauentreff ging, verstummten alle, wenn sie eintrat. Dann wusste sie: Die haben sich vorher über den Mord unterhalten. Keiner wollte in ihrer Gegenwart Spekulationen darüber anstellen. Einige nahmen ihr übel, dass sie nichts von den Ermittlungen erzählte. Aber was hätte sie schon erzählen können? Georg gab nicht das Geringste darüber preis. Selbst die Notizen, die er sich gelegentlich zu Hause machte, verbrannte er später. Darüber war Beate gekränkt, erbost warf sie ihm vor: „Du traust mir nicht, als wenn ich damit hausieren gehen würde."

„Nein", entgegnete Georg, „so ist das nicht, ich glaube, du würdest nichts weitererzählen. Aber es gibt Menschen, die sehr geschickt sind mit Fragen. Ein falsches Wort wäre wie Öl ins Feuer zu gießen."

Die Ermittlungen zogen sich über Monate hin. Es stellte sich heraus, das Grundstück und das Haus gehörten einer Stiftung in den USA. Irgendwelche Zusammenhänge oder Hintergründe, die zur Aufklärung hätten führen können, wurden ihnen von den dortigen Amtskollegen nicht mitgeteilt. So wurde die

Akte zu den ungeklärten Fällen gelegt.

Die Dorfbewohner beruhigten sich langsam. Aber nur äußerlich, im Stillen gärte es weiter, so wie es auch in Georg gärte.

Die schrecklichen Bilder, von denen er nur dem Psychologen der Beratungsstelle der Polizei erzählt hatte, überfielen ihn unkontrolliert wie ein Gewitter. Er litt unter Einschlafstörungen und wenn er dann endlich schlief, suchten ihn schreckliche Albträume heim. Über die Jahre wurde das zwar besser, aber nie ließen ihn die schrecklichen Bilder ganz los. Auf dem Revier konnte er sich gut zusammennehmen, weil seine Gedanken mit anderen Dingen beschäftigt waren. Er wurde immer unleidlicher, schrie seinen Sohn oft an und ließ Beate weinend zu Hause sitzen. Als sie ihn zum wiederholten Mal gebeten hatte, er solle sich doch versetzen lassen, packte er sie an den Schultern, schüttelte sie wie wild und schrie sie an: „Was denkst du denn, was ich versucht habe. Keiner will in dieses Dorf."

Vier Jahre später trennten sie sich, sie ging, er blieb.

Beide waren traurig, aber es gab keinen gemeinsamen Weg mehr. Der Sohn würde eingeschult werden und das wäre besser in einer neuen Umgebung. Auch für Beate war es ein Neubeginn, sie konnte alles hinter sich lassen. Nur Georg saß hier auch nach fünfzehn Jahren immer noch fest, aber er hatte es inzwischen akzeptiert und genug zu tun. Denn natürlich gab es Einbrüche, Diebstähle, Schlägereien und häusliche Gewalt, eben all die Delikte, die es anderswo auch gibt, um die er sich kümmern musste. Sogar ein Giftmord war dabei gewesen, den er aber schnell hatte aufklären können. Während ihm die Aufklärung des Mordes von damals immer noch nicht gelungen war.

*

Damals hatte Georg Dienst gehabt. Gegen 22 Uhr hatte ihn der Gärtner alarmiert, der gerade mit seiner Frau aus dem Urlaub zurückgekommen war. Er schrie mit überkippender Stimme ins Telefon: „Tot, alle tot und so viel Blut."

Was Georg dann am Tatort vorfand, ließ ihm das Blut in den Adern gefrieren. Als erstes sah er ein kleines Mädchen auf einer Stufe am Fuß der Treppe in den ersten Stock sitzen. Im ersten Moment dachte er, das Kind sei blutüberströmt. Aber schnell erkannte er, dass es nur einen blutroten Pyjama trug und äußerlich unversehrt war. Selbst das Blut unter den Fußsohlen musste von jemand anderem stammen. Das etwa fünfjährige Mädchen saß steif wie eine Statue, starrte auf das gegenüberliegende Fenster im Wohnzimmer und reagierte weder auf Worte noch auf Berührungen.

Georg informierte sofort seinen Vorgesetzten. Denn ihm war klar: Hier können wir Polizisten vom Dorf alleine nichts ausrichten. Seinen Kollegen aus dem Dorf alarmierte er als nächstes, er musste sich vor die Haustür stellen und verhindern, dass jemand anderes als die Polizei das Haus betrat.

Die Spezialisten waren innerhalb einer halben Stunde vor Ort. Selbst die gestandenen unter ihnen bekamen einen Schock, als sie die Ermordete sahen. Ein älterer Kollege, den Georg noch von seiner Ausbildung kannte, alle nannten ihn nur *einen harten Hund,* lief sofort nach dem ersten Anblick hinaus und erbrach sich in die Hortensienbüsche.

Georg sah mit Befriedigung, wie ruhig und sachlich die Arbeit getan wurde. Jeder Handgriff saß, gesprochen wurde kaum miteinander, jeder wusste, was zu tun war.

Zu hören war allerdings ein permanentes leises Summen. In unregelmäßigen Abständen ergänzt durch eine quäkige Puppenstimme: „Ich heiße Heidi, ich bin lieb." Beides kam von der Treppe. Das kleine Mädchen saß dort immer noch, in unverändert starrer Haltung, den Blick starr auf das entsetzliche Verbrechen gerichtet. Die Polizistin, die sich um das Mädchen hätte kümmern sollen, hatte wohl einen längeren Anfahrtsweg und die Männer hatten sich nur auf das Verbrechen konzentriert. Jetzt sagte einer von ihnen genervt: „Kann jemand das Kind bitte woanders hin bringen."

Georg und ein Kollege hoben das Kind von der Treppe und trugen es auf die Terrasse. Dort saßen der Gärtner und seine Frau, völlig aufgelöst. Nun setzten die Polizeibeamten das Mädchen vorsichtig auf den Schoß der Frau, die es in den Arm nahm und wiegte und in ihr Summen einstimmte. Das Kind hatte immer noch seine steife, verkrampfte Haltung. Aber immerhin drückte es nicht mehr auf den Knopf der Puppe. Statt dessen sagte es ab und zu mit flacher Stimme zwei Worte: *MAMA und BABY*.

Es war trotz der späten Stunde immer noch heiß, nur ein leichter Windhauch ab und zu. In der Ferne donnerte und blitzte es. Im Haus herrschte eine Gluthitze. Dazu kam das viele Blut, das einen bestialischen Gestank verbreitete. Alle trugen Atemmasken. Außer im Wohnzimmer hatte man schon alle Fenster und Türen geöffnet. Nur im Wohnzimmer musste man damit noch warten, bis alle Einzelheiten des Tatorts aufgenommen waren.

Es war fast Mitternacht, als sie mit ihrer Arbeit fertig waren. Der Leichnam konnte abtransportiert werden. Die Gruppe war erleichtert, das Schlimmste war überstanden. Dachten sie wenigstens, bis lautes Rufen von der Terrasse sie aufschreckte. Schnell liefen die Beamten raus. Der Anblick, der sich ihnen bot, ließ sie frösteln.

Mittlerweile war das Gewitter herangezogen und es schüttete wie aus Kübeln. Bei den ersten Regentropfen war die Kleine vom Schoß der Köchin geglitten. Ihre Starre war verschwunden, sie war auf den Rasen gelaufen und hatte angefangen, stampfend zu tanzen. Die Arme streckte sie gen Himmel und rief laut „*MAMA, MAMA*". Unentwegt tanzte sie im Kreis herum. Die Frau des Gärtners stand erstarrt zwei Meter neben ihr und hielt die Puppe in der Hand. Die Tränen strömten ihr über das Gesicht. „O Gott, o Gott, jammerte sie: „Jetzt ist sie verrückt geworden."

Das kleine Mädchen war inzwischen völlig durchnässt. Die blonden Haare klebten am Kopf. Der rote Pyjama sah jetzt schwarz aus vor Nässe. Es donnerte unaufhörlich und der Regen strömte und strömte. Im Mondschein sah es aus, als würde die Kleine angestrahlt. Und sie tanzte und tanzte. Bis sie urplötzlich umfiel und sich nicht mehr rührte. Sie atmete ganz ruhig.

Die Erwachsenen schauten sich verwirrt an. Was sollten sie mit dem Kind machen? Die Frau des Gärtners erklärte sich bereit, sich um das Mädchen zu kümmern, bis Verwandte gefunden worden waren.

Die Dorfbewohner hatten mitbekommen, dass im Haus etwas Schreckliches passiert sein musste. Sie hatten sich am Zaun versammelt. Es wurden wilde Vermutungen ausgetauscht. Einige waren schon immer der Meinung, auf dem Anwesen ginge es nicht mit rechten Dingen zu. Sie munkelten von Hexerei. Und wenn die Menschen gesehen hätten, wie das kleine Mädchen getanzt hatte, alle hätten ihnen das sofort geglaubt! Sie hätten die Menge gegen das Kind aufgehetzt und vom *Verbrennen ge*sprochen. Da sich jedoch der wilde Tanz hinter dem Haus abgespielt hatte, hatten sie zum Glück nichts davon mitbekommen. Georg und seine Kollegen waren sich einig, es dürfte auch nichts davon an die Öffentlichkeit dringen. Der Gärtner und seine Frau wurden zum Stillschweigen verpflichtet. Auch der Reporter, der zeitgleich mit der Spezialeinheit angekommen war, mit Sicherheit hatte er den Polizeifunk abgehört, bekam keine

Informationen und hatte mit den anderen am Zaun stehen müssen. Da keiner der Dorfbewohner etwas Wissenswertes über die Hausbewohner beisteuern konnte, waren die Hintergrundinformationen in seinem Artikel entsprechend dürftig,.

Das Mädchen müsste jetzt etwa 20 Jahre alt sein, manchmal überlegt Georg: Ob es wohl irgendwann wieder zurückkommt? Niemand würde die junge Frau erkennen. Würde sie in dem Haus leben wollen? Man wusste gar nichts über die Familie. Keine einzige Frage von damals hatte beantwortet werden können. Gibt es eine Familie, wer ist der Vater, wo ist der Vater? Wer sorgt dafür, dass alles immer noch so gepflegt wird?

Das Anwesen musste jedenfalls wohlhabenden Leuten gehören, denn jede Nacht brannten alle Lampen im Haus, auch die Außenbeleuchtung. Der Garten wurde genauso bepflanzt wie vor 15 Jahren, wie vor dem Mord. Statt des Gärtners von damals kam dafür alle zwei Wochen eine Gruppe Gärtner aus einem anderen Ort. Der Rasen wurde gemäht, Büsche und Bäume wurden beschnitten, neue Blumen in die Pflanztröge gesetzt. So, als wenn die Besitzer noch da wären oder jeden Moment wiederkämen. Einmal im Monat kam eine Reinigungsgruppe, alles wurde geputzt, einschließlich der Fenster. Alle paar Monate wurden frische Gardinen aufgehängt. Auch die Reinigungsfirma kam aus einem anderen Ort. Wie die Gärtner ließen auch sie sich auf kein Gespräch ein. Sie kamen, machten ihre Arbeit und fuhren wieder weg.

Die Dorfbewohner sprachen nie laut über das Haus oder das Kind. Nur hinter vorgehaltener Hand wurde getuschelt. Wo war das Kind geblieben? Angeblich war eine Tante aus Amerika gekommen, die hätte alle Formalitäten erledigt und das Kind dann mitgenommen. Zwei Tage nach der Beisetzung waren sie weg, keiner wusste wohin. Es hatte eine Einäscherung gegeben. Nur die Tante, das Kind und das Gärtnerehepaar waren bei der Urnenbeisetzung dabei gewesen. Die Dorfgemeinde hatte sich im Hintergrund gehalten, es war ihnen zu unheimlich. Das Gärtnerehepaar zog dann nach Spanien, „so weit weg von diesem Haus, wie es geht", mehr ließen sie sich nicht entlocken.

Von den Dorfbewohnern traute sich keiner dicht an das Haus heran. Selbst vom Zaun hielten sie mindestens zwei Meter Abstand. Sogar die wilden jungen Burschen kamen nicht auf die Idee, das Grundstück zu betreten. Zwei Jahre nach dem Mord hatte ein junger Mann allerdings die verrückte Idee, um seiner Freundin zu imponieren, an der Haustür klingeln zu wollen. Die Haustür, eine wuchtige, mit Schnitzereien versehene Holztür, besaß einen altmodischen Klingelzug. Der junge Mann streckte die Hand danach aus und flog mit einem gewaltigen Schwung rückwärts in die Rosenbüsche. Er schwor, er hätte den Klingelzug noch nicht einmal berührt. Die Freundin, die alles vom Zaun aus beobachtet hatte, erzählte völlig schockiert: „Er flog wie ein Geschoss, aber es war niemand anderes da."

Wieder andere Dorfbewohner erzählten, sie hätten im Vorbeifahren ab und zu ein kleines Mädchen im roten Anzug am Fenster gesehen. Sie hätte eine Puppe im Arm gehalten. Eine Gruppe erzählte, sie hätten an einem ersten August morgens auf dem Grab der Tante ein kleines Mädchen schlafend gefunden. Angeblich hätte es einen roten Anzug getragen und inmitten der üppig blühenden Blumenpracht gelegen. Denn auch das Grab der Tante, auf dem auch die Urne beigesetzt worden war, wurde regelmäßig gepflegt und bepflanzt. Der aufgeregte Trupp, der sich sofort auf den Weg zum Friedhof machte, fand dort allerdings nichts, weder zerdrückte Blüten noch Fußspuren. So wurde die Sache abgetan mit: „Du hast wohl gestern ein bisschen zu viel Bier gehabt."

Aber die Dorfgemeinschaft blieb gespalten. Viele taten so, als interessierte sie das alles nicht, und meinten, eines Tages würde das Anwesen klammheimlich verkauft. Vielleicht würde dann ja ein Chinese einziehen und ein China-Restaurant draus machen. Großes Gelächter bei dieser Vorstellung. Andere sind auch fünfzehn Jahre nach dem Mord davon überzeugt, das Anwesen sei des Teufels Werk. Und die Gruppe, die immer von Gottesstrafe tuschelt, meint auch heute noch, das Mädchen käme bestimmt zurück und würde ihre ganze *HEXENTRUPPE* mitbringen.

*

Wie jedes Jahr an diesem Tag und um diese Uhrzeit hat Georg keine Ruhe mehr. In einer halben Stunde würde auch dieser erste August vorbei sein. Es ist immer noch heiß, aber zum Glück war ein bisschen Wind aufgekommen.

Fast wie damals, denkt Georg, vielleicht bekommen wir auch noch Regen. Ich werde mir ein wenig die Füße vertreten, eine Flasche Bier mitnehmen und um Mitternacht anstoßen. Alle sind in ihren Betten, keiner kann mich sehen, sonst denken die noch, ich bin ein Geist. In das Dorf würde nach Mitternacht wieder für ein Jahr Ruhe einkehren.

Georg hat fast das Anwesen erreicht, als es zu regnen beginnt, fast auf die Minute genau wie vor fünfzehn Jahren. „Aber dieses Mal ist keiner tot", sagt Georg laut und erschrickt selbst über seine eigene Stimme. Um Punkt Mitternacht macht er seine Flasche Bier auf, erhebt sie in Richtung Haus und sagt: „Prost." Zum Trinken kommt er jedoch nicht mehr, denn er realisiert, dass sich etwas verändert hat: Anders als sonst sind nur im Erdgeschoss die Zimmer erleuchtet und die Haustür und alle Fenster stehen weit auf.

Etwas zittrig betritt Georg den Garten und geht auf das Haus zu. Leise Klaviermusik weht ihm entgegen. Seine Nackenhaare stellen sich hoch. Was ist hier los?

Mit Gänsehaut betritt er das Haus. Staunend sieht er, dass überall Kerzen brennen. Der Durchzug lässt die Flammen flackern und es entsteht der Eindruck, als wenn der ganze Raum brennt. Dazu kommt ein Weihrauchduft. Georg schluckt. Wie in einer Kirche, denkt er.

Dann fällt sein Blick auf die Treppe. Dort sitzt die nun nicht mehr *Kleine* wie damals auf der dritten Stufe zum ersten Stock. Sie ist jetzt eine schöne junge Frau. Sie trägt ein rotes Kleid. Die langen blonden Haare sind zu einem Zopf geflochten, der am Rücken herunterhängt. Sie ist barfuß, wie in jener Nacht. In der Hand hält sie die Puppe Heidi. Die Puppe bleibt stumm. Tränen strömen über das Gesicht der jungen Frau. Sie versucht nicht, sie zu trocknen. Sie starrt auf das gegenüberliegende Fenster. An dem damals ihre Mutter ermordet wurde.

Georg fragt stockend: „Bist du es wirklich, oder bist du eine Einbildung?"

Die junge Frau antwortet, sie hat eine tiefe melodische Stimme: „Nein, ich bin keine Erscheinung. Ich hatte gehofft, dass Sie kommen." Mit einer Geste weist sie auf den Platz neben sich. „Mein Name ist übrigens auch Heidi", sagt sie und schwenkt die Puppe. „Deswegen habe ich sie von meinen Großeltern bekommen."

Sie hatte uns damals mit Hilfe der Puppe sagen wollen, wie sie heißt, aber das hatte keiner von uns verstanden. Und das Gärtnerehepaar haben wir dazu nicht befragt, das wollten wir der Polizistin überlassen.

„Ich habe Sie gleich erkannt", beginnt sie wieder zu sprechen, „sie waren damals als erster hier. Sie hatten große Angst um mich, ich habe es in ihren Augen gesehen. Sie dachten, auch ich wäre tot. Aber mich hatte er nicht finden können. Mama hatte mich im Geheimgang der Bibliothek versteckt. Keiner außer uns kennt ihn. Ich konnte fast nichts sehen, es gibt da nur ein kleines Guckloch. Nur am Anfang hatte ich sie im Blick, ich sah, dass er meine Mutter schlug und schubste. Danach hörte ich nur noch schreckliche Geräusche. Splitterndes Glas und Holz. Mama hat wenig geschrien, nur ein leises Wimmern war zu hören. Ganz zum Schluss dann doch noch ein schrecklicher Schrei."

„Aber wer war es und warum dieser schreckliche Mord", fragt Georg. Er hatte wieder das entsetzliche Bild von der ermordeten Mutter vor Augen.

„Mein Vater, oder besser gesagt mein Erzeuger, ich kannte ihn nicht. Mama hatte ihn an dem Tag im Garten entdeckt und mich schnell versteckt. Er war rasend vor Wut, immer wieder schrie er: 'Du Verräterin, du Miststück, du alte Schlampe.' Das 'Verräterin' wiederholte er ständig. Dann dieser entsetzliche Schrei, da muss er ihr den Todesstoß versetzt haben. Jedenfalls war danach komplette Stille. Als es auch nach einer Weile noch alles ruhig war, bin ich aus meinem Versteck gekrochen. Mama war schon tot. Ich habe mich dann auf die Treppe gesetzt und gewartet. Ich wusste nicht, was ich machen sollte. Wie lange ich auf der Treppe saß, weiß ich nicht. Aber als Mama ihn im Garten entdeckt hatte, war es noch hell."

Georg hatte kaum gewagt zu atmen. Sie hat also stundenlang auf der Treppe gesessen, geht es Georg durch den Kopf. Kein Wunder, dass sie vollkommen erstarrt war.

„Ich habe damals Mama versprochen, dass nur die Familie ihn bestrafen darf. Denn immer, wenn es Probleme gab, hat Mama gesagt: *Die Familie* wird es richten, sie kümmert sich um alles. Dafür ist *die Familie* da." Die junge Frau sagte das mit einem gewissen Stolz.

„Du sagst *Familie,* ist es das, was ich denke: *Die Mafia-Familie?"*

„Ja, wir gehören zu *dieser Familie* und die hat ihre eigenen Gesetze. Als mein Erzeuger nach Amerika zurückkehrte, war er als Mörder seiner Frau vogelfrei. Er wusste, dass man ihn schnell finden würde. Er konnte nirgends hin. Er hat Selbstmord begangen. Wenn ihn jemand von der Familie gefunden hätte, wäre er zu Tode gequält worden. Meine Großeltern hatten gleich gewusst, wer der Täter war. Sie hatten es immer befürchtet, da er meine Mutter schon in Amerika bedroht hatte. Trotzdem war es für alle ein großer Schock."

„Warum hat er sie so gehasst, dass deine Mutter mit dir nach Deutschland flüchten musste", fragt Georg.

„Das habe ich erst erfahren, als ich zehn wurde", erklärt die junge Frau. „Nach meiner Rückkehr nach Amerika bin ich fast jede Nacht schreiend aufgewacht und nur wenn meine Nanny mich wiegte, löste sich die

Starre. Es hat Jahre gedauert, bis ich damit leben konnte. Aber vergessen kann ich diesen Anblick nie."

„Ja, das kann ich gut verstehen", meint Georg, „Wenn ich nur daran denke, bekomme ich eine Gänsehaut."

„Auch meine Großeltern von der väterlichen Seite gehören zur *Familie*. Die beiden Paare waren schon immer eng miteinander verbunden, geschäftlich und auch freundschaftlich. Meine Mutter hatte sich in einen ihrer Söhne verliebt. Den Vätern gefiel das gut, man würde dadurch noch enger zusammenrücken. Enkel würden kommen. Die Mütter planten schon die Hochzeit. Aber der Sohn wollte nicht. Alle seine Brüder waren schon verheiratet, aber er wollte anscheinend lieber von Blüte zu Blüte huschen. Seine Mutter hatte ihr Nesthäkchen sehr verwöhnt, aber gegen meine Mutter als Schwiegertochter hatte sie nichts einzuwenden. Sein Vater zwang ihn zu einer

Entscheidung, entweder du heiratest oder du arbeitest. Denn bisher war er als Sohn nur sporadisch in der Firma aufgetaucht. Seine Zeit verbrachte er lieber auf dem Tennisplatz und mit seinen Freunden. Da meine Mutter wunderschön und lustig war, hat er sie wohl für das kleinere Übel gehalten und geheiratet."

„Warum ist er aus Amerika gekommen, um euch hier zu suchen? Und das nach so vielen Jahren, denn du warst erst ein halbes Jahr alt, als ihr hier ankamt. Wer hat ihm denn die Adresse verraten?"

„Nur die Eltern meiner Mutter wussten, wo wir waren. Über unseren Namen kann er uns nicht gefunden haben, denn wir waren unter einem falschen Namen ausgereist und die Tante, bei der wir hier lebten, hatte mit der Familie gebrochen und später einen Deutschen verheiratet. Aber nach fünf Jahren fühlten sich meine Großeltern vielleicht zu sicher und wurden nachlässig. Vermutlich hat eine von den Hausangestellten bei ihnen eine

Notiz gefunden und uns gegen Geld verraten."

„Wieso hat er euch denn nicht in Ruhe gelassen, wenn er doch eigentlich gar nicht hatte heiraten wollen?", fragte Georg.

„Das hängt sicher damit zusammen, was meine Mutter über ihn herausgefunden hatte. Meine Mutter war total verunsichert, weil er kaum Lust hatte, mit ihr zu schlafen. Seine Eltern fragten schon immer, ob sie nicht endlich schwanger wäre. Bis es meiner Mutter mal raus rutschte: 'Dazu gehören schließlich zwei, dann muss euer Sohn auch mal etwas dafür tun.' Die Großeltern waren total perplex. Vor allem seine Mutter. Ihr Sonnenschein schlief nicht mit seiner Frau? Wenn er noch eine Geliebte hatte, dann sollte er sich die jetzt mal ganz schnell abgewöhnen. Sie machte ihm Vorhaltungen. Danach schlief er öfter mit meiner Mutter. Zwei Monate später war sie schwanger. Nachdem sie ihm das mitgeteilt hatte, näherte er sich ihr überhaupt nicht mehr. Sie war traurig und gekränkt und fragte ihn: 'Was habe ich falsch gemacht?'

'Wieso?', hätte er ihr barsch geantwortet, 'ich habe meine Pflicht erfüllt, du bist schwanger, was wollt ihr denn noch von mir?'"

„Das war ja eine merkwürdige Reaktion", sagte Georg. „Hat er sich überhaupt nicht gefreut?"

„Nein, und als meine Mutter ihn eines Tages vom Tennisplatz abholen wollte, sah sie, warum er sie nicht beachtete. Sie überraschte ihn mit einem Mann beim Geschlechtsverkehr. Bevor sie weglaufen konnte, hatte er sie geschnappt und auf sie eingeprügelt und getreten. Sie ist wohl nur mit dem Leben davongekommen, weil der andere Mann ihn wegriss. Er war rasend vor Wut, dass sie sein Geheimnis herausgefunden hatte. 'Wenn du etwas erzählst, bringe ich dich um', hat er hinter ihr her geschrien. Meine Mutter fuhr sofort zu ihren Eltern. Sie konnte und wollte das nicht für sich behalten. Ihr Gesicht war angeschwollen, an den Armen zeichneten sich die Schläge und Spuren seiner Umklammerung schon ab und sie hatte Todesangst. Ihre Eltern waren schockiert und meinten, das würden seine Eltern nicht glauben. Vor allen seine Mutter nicht. 'Wir nehmen uns einen Privatdetektiv und der soll Fotos machen. Nur so können wir sie überzeugen', beschlossen sie. Der Detektiv musste nicht viel Zeit aufwenden, schon ein paar Tage später hatte er genug Fotos. Seine Eltern waren am Boden zerstört. Seine Mutter brach zusammen. Zuerst hatte sie meiner Mutter noch ein schlechtes Gewissen einreden wollen: 'Das kommt sicher davon, weil du jetzt so dick bist.' Meine Mutter war inzwischen im achten Monat. Aber ihr Mann fuhr ihr sofort über den Mund: 'Noch ein Wort und du kannst zusammen mit deinem Sohn gehen. Da gibt es nichts zu beschönigen, das sind Tatsachen. Wir werden alles regeln.'

Der Sohn wurde nach Haus beordert und mit den Bildern und Fakten konfrontiert. Da gab es nichts mehr leugnen. Er wurde pampig. 'Ja, so ist es nun mal', sagte er, 'damit müsst ihr euch abfinden. Was könnt ihr denn dagegen tun? Mich teeren und federn, wie im Mittelalter? Ich kann lieben, wen ich will, und ich verfluche alle Frauen'. Damit spuckte er seiner Mutter vor die Füße.

Er wurde ans andere Ende der USA geschickt, sozusagen in die Verbannung, bekam aber jeden Monat von seinem Vater einen Scheck. Von dem Geld konnte er zwar gut leben, aber nicht in dem Luxus, den er gewohnt war. Keine schnellen Autos mehr, keine teuren Freunde, die auf seine Kosten lebten. Er stieß Drohungen aus, gegen seine Eltern, gegen die Eltern meiner Mutter, gegen meine Mutter. Ihre Eltern brachten sie in Sicherheit. Sie sollte in Ruhe ihr Baby bekommen können. Seine Eltern durften das Baby nur einmal nach der Geburt sehen, die Mutter soll hinterher tagelang geweint haben. Ein halbes Jahr nach der Geburt war meine

Mutter in der Lage, mit mir nach Deutschland zu fliegen. Hier ist sie zur Ruhe gekommen. Ihre Eltern hatten schon mit dem Gedanken gespielt, uns in Deutschland zu besuchen. Die anderen Großeltern wussten nicht, wo wir waren. Sie hatten gleich am Anfang gesagt: 'Was wir nicht wissen, können wir nicht ausplaudern.'"

Georg wagte nicht, sich zu rühren. Seine Kehle war völlig ausgedörrt. Der Schweiß lief ihm den Rücken runter. Er hätte sich gerne gekratzt, weil es ihn überall juckte. Aber er wollte sie nicht unterbrechen. Tat es dann aber doch: „Warum hat er sich nicht mit seinen Eltern versöhnt? Er hätte Abbitte leisten können, seine Mutter hätte ihm bestimmt verziehen?"

„Bei seiner Mutter hat er gebettelt und sie hätte ihm gern verziehen. Aber sie wusste, ihr Mann würde dem nie zustimmen, und so hat sie nein gesagt. Das muss den Hass auf meine Mutter noch mehr angestachelt haben.

Er war sicher der Meinung, sie hätte die Schuld daran, dass er nicht mehr wie ein Prinz leben konnte.

Seine Eltern sind vor einem Jahr gestorben. Der Tod war zum Schluss eine Erlösung für sie. Beide saßen am Ende im Rollstuhl und waren fast bewegungsunfähig. Im Kopf völlig klar und für alles auf Hilfe angewiesen zu sein, das muss schrecklich sein. Beide Großelternpaare haben sich bis zum Schluss oft getroffen und versucht, einen normalen Umgang miteinander zu pflegen, meinetwegen. Aber die Tat meines Erzeugers lag immer wie ein Schatten auf ihrer Beziehung.

Die Eltern meiner Mutter sind noch fit und gesund. Sie wollten nicht, dass ich herkomme. Aber ich musste, ich brauche einen Abschluss."

Sie nahm Georgs Hand und sagte: „Aber dass meine Mutter am Fensterkreuz hing, wie eine gekreuzigte Madonna, mit der spitzen

Glasscherbe mitten im Herzen, das muss unser Geheimnis bleiben. Ich habe es sonst niemanden erzählt."

Georg schluckte, er musste sich räuspern, bevor er antworten konnte. „Das weißt nur du und die Polizei. Ich werde es niemandem erzählt. Aber was soll denn jetzt werden, was sind deine Pläne?"

„Ich habe es mit meinen Großeltern besprochen. Wir wollen eine Seniorenpension aus dem Haus machen. Für Amerikaner, die in Deutschland leben, vielleicht mit deutschen Partnern. Oder Amerikaner, die aus Deutschland stammen und im Alter wieder zurück möchten. Für einen Amerikaner ist es kein Problem, dass hier ein Mord geschah. So ein wenig Gruseln macht die Sache doch erst spannend. Ihnen gefallen jede Art von Spukgeschichten. Sie dürfen nur dieses Bild nicht vor Augen haben, das sich bei mir eingebrannt hat. Aber jetzt kann ich damit abschließen."

Sie erhob sich leichtfüßig und ging hinaus in den Regen, hob die Arme, drehte sich einmal im Kreis und rief *„MAMA"*.

Georg sah wieder das kleine Mädchen von damals vor sich, wie es tanzte.

Ja, dachte er, möge das Geheimnis für immer und ewig bewahrt bleiben!

REGEN

Dieser verdammte Regen, warum mussten wir ausgerechnet mit dem Fahrrad zu Heinz und Gisela fahren? Obwohl ich das Regencape übergezogen habe, sind meine Hosenbeine schon klatschnass. Auch weil mir die Kapuze in das Gesicht rutscht, sehe ich fast nichts und fühle mich unsicher.

„Bitte, ich möchte mich unterstellen", rufe ich meinem Mann Bernd zu, der vor mir fährt.

Er hört es nicht, oder will er es nicht hören? Den ganzen Vormittag war er schon so muffig. Ein paar Mal habe ich ihn gefragt: „Hast du etwas, geht es dir nicht gut?"

„Ach nein, lass man, es ist nichts Wichtiges und jammern hilft nicht", war immer die Antwort. Was ist denn das für eine Aussage?

Dann erklärte er knapp und klar: „Wir fahren mit dem Fahrrad zu Gisela und Heinz."

Ich wagte einzuwenden: „Es soll regnen, wir sollten lieber mit dem Auto fahren."

„Nein", sagte er barsch, „ich brauche Bewegung!"

Wir waren erst seit fünf Minuten unterwegs und hatten noch fünfzehn vor uns. Und der Regen strömt unentwegt. Da ist eine Unterführung, ich halte an und klingele wie verrückt. Jetzt hört er endlich und kommt zurück. „Was ist los? Wir müssen zu Gisela und Heinz. Die warten mit dem Kaffee auf uns", kommt es unwirsch von meinem Mann.

„Aber den Kaffee kann man auch warm stellen", wende ich ein. „Ich bin klitschnass an den Beinen und am Hals läuft mir auch schon der Regen rein."

„Ach, so schlimm ist es doch gar nicht. Du bist doch nicht aus Zucker. Das bisschen Regen, immer wird über das Wetter gemeckert", meint Bernd.

„Na ja, wir hätten ja auch den Wagen nehmen können. Aber du hast gesagt, es wird schon nicht regnen, obwohl es vorhergesagt war. Außerdem wolltest du Bewegung haben. Hörst du, jetzt prasselt es erst richtig. Also, ich warte hier jetzt erst einmal ab. Ruf doch an, dass wir etwas später kommen", bitte ich.

„Nein, das werde ich nicht tun. Du immer mit deiner Empfindlichkeit. Sogar das bisschen Regen ist dir zu viel."

Ich schlucke. Inzwischen schüttet es wie aus Eimern. Warum ist mein Mann nur so gehässig? Langsam steigt in mir die Wut hoch. Wenn er unbedingt seine schlechte Laune abreagieren will, soll er sich doch jemand anderen suchen. Da er keine Anstalten macht anzurufen, nehme ich mein Handy und fange an zu wählen. Urplötzlich lässt mein Mann sein Fahrrad los, es poltert direkt neben mir auf die Erde. Dann reißt er mir das Handy aus der Hand und brüllt mich an: „Immer muss es nach deinem Kopf gehen. Wir haben die Verabredung und wir fahren da jetzt hin."

Vollkommen entsetzt schaue ich ihn an. Wer ist das? Ich erkenne ihn nicht mehr. Was ist nur los mit ihm?

„Aber", wende ich ein, „es sind noch mindestens fünfzehn Minuten Fahrt. Und der Regen wird immer stärker. Wenn wir jetzt zurückfahren, könnten wir uns was Trockenes anziehen und mit dem Auto zu den beiden fahren. Lass uns jetzt anrufen, mit Sicherheit ist noch kein Kaffee aufgebrüht."

Mein Mann überlegt. Er kratzt sich am Kopf. Das macht er immer, wenn er nachdenkt. Inzwischen kriecht die Kälte schon an meinen nassen Hosenbeinen nach oben.

„Außerdem", wage ich einzuwenden „der Kaffee von Gisela schmeckt sowieso scheußlich und der Kuchen ist auch nur gekauft."

„Ja", brüllt mein Mann „aber du bist vollkommen, machst immer alles richtig. Die ideale Frau, weiß alles, kann alles. Du solltest dich im Museum ausstellen lassen."

Er nimmt sein Fahrrad, steigt auf und sagt: „Ich fahre da jetzt hin. Was du machst, ist mir egal!"

Ich starre völlig verblüfft hinter ihm her. Der spinnt! Der ist ja total durchgeknallt. Was hat den denn geritten? Ich kann keinen klaren Gedanken fassen. Na, soll er doch fahren! Wenn er meint, ich radel hinter ihm her, dann hat er sich geschnitten. Ich werde auf jeden Fall nach Hause fahren und mich in die Wanne legen. Schon bei dem Gedanken wird mir etwas wärmer.

Kaum schließe ich die Haustür auf, stürzt sich unsere Boxerhündin Bella mit freudigem Gebell auf mich. Sie hüpft und tanzt herum. Dabei verzieht sie ihr Maul, so dass es aussieht, als würde sie lachen. Wenigstens eine, die sich freut, mich zu sehen. Wir haben uns gleich nach dem Hauskauf einen Hund angeschafft. Ein Boxer war ein Muss, da ich mit einem Boxer aufgewachsen bin. Es sind die treuesten und gleichzeitig verspieltesten

Hunde, die es gibt. Unser Hund darf zu Gisela und Heinz nicht mit, da Gisela angeblich eine Tierhaarallergie hat. Nur merkt man nichts davon, wenn sie uns besuchen.

„Ja, ja", beruhige ich Bella. „Jetzt machen wir uns einen schönen, gemütlichen Nachmittag."

Dann liege ich endlich in der Wanne. Mit einem tiefen Seufzer komme ich in dem warmen Wasser langsam zur Ruhe. Die leise Entspannungsmusik lässt alle bösen und wütenden Gedanken verschwinden. Bella liegt entspannt auf der Bademutte und schnarcht leise. Wie schön wäre es, wenn mein Mann Bernd und ich jetzt zusammen in der Wanne liegen könnten. Wir sind ja erst zwei Jahre verheiratet, darum ist alles noch frisch und prickelnd. In der letzten Zeit hatten wir nicht viel gemeinsame Freizeit. Berufsbedingt sehen wir uns nicht jeden Tag, wie die meisten Ehepaare. Nicht einmal morgens gemeinsam aufstehen und abends zusammen ins Bett

gehen ist bei uns Standard, weil Bernd oft
Nachtschicht hat. Er ist Sanitäter und fährt
den Notarztwagen. Ich hingegen, als
Sekretärin beim Chefarzt, habe geregelte
Arbeitszeiten. Deswegen genießen wir
gemeinsame freie Zeit normalerweise doppelt.

Kennengelernt haben wir uns in der
Krankenhauskantine. Bernd hat mich fast
umgerannt. Der Zusammenstoß war heftig
und der Salat landete fast vollständig auf
meiner Bluse. Ich blitzte ihn wütend an. „Idiot"
konnte ich mir gerade noch verkneifen. Als ich
ihn dann ansah, konnte ich ihm nicht böse
sein. Bestürzt schaute mich dieser
gutaussehende Mann an, stammelte
Entschuldigungen und fragte mich wiederholt:
„Wie kann ich das nur wieder gut machen?"
Ein heftiger Stich in der Herzgegend ließ mich
erschauern. Wie von einem Pfeil getroffen,
wie man im Volksmund sagt.

So schmutzig und so romantisch fing
unsere Geschichte an. Schon nach vier

Wochen machte er mir einen Antrag. Sechs Monate später haben wir geheiratet. Viele haben geunkt, du bist schon 36 und er erst 30 Jahre alt. Ja und? Ich hatte nie nach jemandem Ausschau gehalten zum Heiraten. Aber jetzt hatte ich das Gefühl, alles ist richtig. Bernd ging es genauso. Er sagte: „Ich glaube, es war Schicksal, wir mussten einfach aufeinanderstoßen."

Dann hörte Bernd von seinem Kollegen Heinz, dass dieses Haus zum Verkauf stand. Ein Haus war der Traum von uns. Wir legten unser Geld zusammen. Bernd hatte von einer Tante aus Kiel etwas geerbt. Er hatte bei ihr gelebt, bevor er nach Hamburg kam. Eltern hätte er keine mehr, sagte er. Das restliche Geld kam von mir.

Bei der Hochzeit hatte Bernd meinen Nachnamen angenommen. „Dein Name ist schöner als meiner. Bauer heißt jeder, aber Morgenthal nur wenige." Mir war es damals egal, ich hätte auch Bauer genommen.

Selbst meine so tolerante Mutter war erst sehr skeptisch. Wer heiratet denn heute noch, erklärte sie. Aber nach und nach hat Bernd sie um den Finger gewickelt. Erst vor kurzen sagte sie, der kann wirklich alles. Er hatte bei ihr eine Steckdose repariert und meine Mutter war glücklich, ohne Handwerker auszukommen. Ich war stolz, endlich war das Eis zwischen den beiden gebrochen.

Aber leider läuft es in den letzten Wochen bei Bernd und mir nicht mehr richtig rund. Wir müssen eine ernsthafte Unterredung führen. Dieses „Rumgezicke" vertrage ich überhaupt nicht. Auch diese häufigen Treffen mit Gisela und Heinz gefallen mir nicht. Die Männer sehen sich schließlich jeden Tag. Sie fahren zusammen den Notarztwagen. Dann muss man sich nicht in der Freizeit auch noch andauernd sehen. Finde ich.

Vor allem wegen Gisela. Heinz ist ja ganz nett, aber er hat zu Hause überhaupt nichts zu sagen. Gibt er nur mal ein Kommentar ab, fährt sie ihm sofort über den Mund. Aber gegenüber meinem Mann, den Gisela immer „Berni" nennt und am Arm und auf dem Rücken tätschelt, ist sie die Liebenswürdigkeit in Person. Heinz zieht dann immer nur die Augenbrauen hoch und mein Mann rückt ein bisschen von ihr ab, so als wenn es ihm unangenehm wäre.

„Du bist doch nicht etwa eifersüchtig", fragte sie mich einmal.

„Auf wen, auf dich?", fragte ich zurück und zog ebenfalls meine Augenbrauen hoch.

„Ja", meinte die liebe Gisela, „wir drei kennen uns ja schon lange und haben viel gemeinsam erlebt. Dann ist man eben vertrauter miteinander als ihr."

Zu Bernd sagte ich: „Wenn du mir etwas zu sagen hast, musst du es von allein tun, ich werde dich nicht darum bitten. Schließlich bin ich nicht eifersüchtig."

Sollen sie heute doch einen schönen Nachmittag gemeinsam haben, dieses nette

Trio, mit ihrem gekauften Kuchen, denke ich wütend. Ich werde jetzt erst einmal weiter mein Entspannungsbad genießen.

Plötzlich hören der Hund und ich das Geräusch der Garagentür. Bella und ich richten uns gespannt auf. Sollte mein Mann schon zurück sein?

Bei Bella stellen sich die Nackenhaare hoch und sie fängt leise an zu knurren. Jetzt ist lautes Poltern aus der Garage zu hören. Das kann nicht mein Mann sein, so vorsichtig wie der mit seinen Sachen umgeht. Das mit dem Lärm passt nicht zu ihm. Es hört sich an, als wenn jemand Schränke schiebt. Dann höre ich Werkzeug auf den Boden fallen und es wird gegen eine Mauer gehämmert.

Inzwischen bin ich aus der Wanne raus und schlüpfe, so nass wie ich bin, in meine Jogging-Kleidung. Bella knurrt und bellt ohne Unterlass. Gott sei Dank habe ich das Handy mit ins Badezimmer genommen, in der Hoffnung, dass mein Mann anruft. Ich wähle den Notruf. Die Polizei verspricht, sofort jemanden zu schicken. Unser Hund ist mittlerweile zur Verbindungstür zur Garage gelaufen. Mit lautem Gebell und Geheul kratzt sie an der Tür und lässt sich überhaupt nicht beruhigen.

Dann höre ich, wie unser Auto angelassen wird, jemand fährt rasant aus der Garage. Ich kann gerade noch einen letzten Blick auf unser Auto erhaschen und sehe eine männliche Gestalt am Steuer.

Zum zweiten Mal heute bin ich völlig ratlos. Was ist das bloß für ein schrecklicher Tag? Ich versuche, meinen Mann bei Gisela und Heinz zu erreichen.

Sofort ergießt sich eine Schimpftirade von Gisela über mich. „Was bildet ihr euch ein? Einfach nicht zu kommen, ohne abzusagen. Wir haben mit dem Kaffee auf euch gewartet. Ihr hättet wenigstens anrufen können, aber sicher hattet ihr was Besseres vor. Hä, hä, hä", kommt ihre hämische Lache. „Ich habe schon zu Heinz gesagt, die wollen nichts mehr mit uns zu tun haben. Wir sind nicht fein genug für die."

„Stopp, stopp", schreie ich. Endlich ist sie still, so dass ich fragen kann: „Ist Bernd denn nicht bei euch?"

„Nein, wieso sollte er hier sein, ohne dich macht er doch keinen Schritt mehr."

Sie will weiter lamentieren, aber ich sage kurz: „Ich muss aufhören, die Polizei ist jetzt da." Zwei Polizisten stehen vor der Tür. Ich öffne und erkläre, was ich gehört habe und dass jemand mit unserem Auto weggefahren ist. Ich führe sie in die Garage. Bella habe ich vorsichtshalber an die Leine genommen. Sie ist völlig aufgelöst. Sie zieht, jammert und knurrt unentwegt. So kenne ich unseren Hund überhaupt nicht.

In der Garage zieht Bella mich zu einem Schrank, der mindestens zwei Meter zur Seite geschoben ist und ein Loch in der Wand freigibt. Mir fallen vor Überraschung fast die

Augen aus dem Kopf. Ich habe in unserer Garage noch nie ein Loch in der Wand gesehen. Hammer, Meißel und Mauerstücke liegen auf dem Fußboden.

Wieder denke ich, was für ein Tag, ich komme mir vor wie in einem falschen Film. Einer der Polizisten guckt mich irritiert an, der andere zieht die Augenbrauen hoch. Beide fragen fast gleichzeitig: „Was ist denn das?"

„Ich weiß es nicht", stammele ich, „das Loch habe ich nie gesehen, da stand immer der Schrank. Wir haben das Haus vor zwei Jahren gekauft. In der Garage war schon alles vorhanden. Die Regale, der Schrank, auch den große Gefrierschrank gab es schon. Wir haben alles so stehenlassen. Nur einen Schrank haben wir dazugekauft."

„Das ist ja sehr merkwürdig", meint der Polizist und leuchtet in das Loch. „Ich glaube, das ist eine Sache für die Kripo. Ich rufe da gleich mal an, dass sie jemanden vorbeischicken."

Bella hat sich ein bisschen beruhigt, aber trippelt noch aufgeregt hin und her. Außerdem hat sie noch immer gesträubte Nackenhaare. Sie wittert etwas.

Ich versuche, meinen Mann auf seinem Handy zu erreichen. „Nun geh bitte ran, sei nicht so dickköpfig", murmele ich. Aber ich höre nur: „Der Teilnehmer ist nicht erreichbar, bitte sprechen sie nach dem Ton eine Nachricht." Verdammt nochmal, das darf doch nicht wahr sein. Ich stehe hier mit einem Riesenproblem und der macht auf beleidigt! Was mache ich nur? Langsam hört das Zittern bei mir auf und die Wut steigt hoch. Soll er doch bleiben, wo der Pfeffer wächst! Ich schaffe das auch ohne ihn!

Inzwischen ist die Kripo da und nimmt Fingerabdrücke von dem Schrank, der zur Seite geschoben wurde. „Ha", ruft der eine von ihnen triumphierend, „hier sind zwei schöne Hände, ganz frische Abdrücke. Er muss es sehr eilig gehabt haben." Bestimmt, weil unser Hund verrückt gespielt hat, denke ich.

„Haben sie etwas angefasst?", fragt mich der eine Beamte.

„Nein", sage ich entrüstet, „ich bin mit ihren Kollegen in die Garage gekommen, da haben wir die Bescherung gesehen. Keiner hat etwas angefasst. Auch ihre Kollegen nicht", füge ich hinzu. Er grinst ein wenig: „Man weiß ja nie."

„Na, dann wollen wir uns mal um die Fakten kümmern", sagt der zweite Kripobeamte. „Wer war der Vorbesitzer, wann gekauft, wie bezahlt und so weiter? Wir brauchen alle Daten."

„Ja, das ist kein Problem. Wir haben alles fein säuberlich abgeheftet im Büro. Dank der Ordnungsliebe meines Mannes", versichere ich. Er schaut sich alles ganz genau an, macht sich zwischendurch Notizen. Dann fragt er erstaunt: „Warum war der Verkäufer nicht dabei, sondern nur die Frau?"

Ich überlege kurz, dann fällt es mir wieder ein. „Ja, das war alles ein bisschen mysteriös. Der erste Notartermin wurde kurzfristig von einem zum anderen Tag abgesagt. Angeblich hatte der Verkäufer einen Unfall gehabt. Wir wussten nicht, was wir davon halten sollten. Der Notar konnte uns auch nicht mehr sagen. Ich sagte zu meinem Mann: 'Die wollen uns das Haus doch nicht verkaufen.' Aber er meinte nur, ich solle mir keine Sorgen machen, da sei bestimmt nur was dazwischengekommen. Nach drei Tagen wurde ein neuer Termin für eine Woche später vereinbart. Da kam nur die Frau mit einer beglaubigten Vollmacht. Sie war schon etwas früher beim Notar und hatte schon alles mit ihm besprochen. Er erklärte uns, dass ihr Mann in Spanien im Krankenhaus liegt und nicht transportfähig sei. Deswegen hatte sie von einem spanischen Notar eine bestätigte Vollmacht für den Verkauf. Am Anfang war die Frau ausgesprochen nervös. Aber als der

Notar erklärte, alles sei in Ordnung, beruhigte sie sich. Ich habe das damals auf die Situation geschoben. Der Mann in Spanien im Krankenhaus, und sie hat jetzt die ganze Verantwortung und die Arbeit mit dem Umzug. Nicht gerade ein Zuckerschlecken. Wir hatten die Vorbesitzer vorher nur zweimal kurz getroffen. Der Mann hatte erwähnt, sie wollten auswandern, in die Sonne. Deswegen der Verkauf des Hauses. Sie zeigten uns das Haus auch nur flüchtig. Als ich mir die Badezimmer näher ansehen wollte, führte mich mein Mann hin. Ich dachte damals, woher weiß er das? Als ich ihn später fragte, meinte er, ach, das sei doch in allen Häusern gleich. Die Verkäufer hatten beim ersten Treffen sehr viel Schmuck und Glitzer getragen. Als wollten sie uns damit sagen, wir haben es nicht nötig zu verkaufen, also fangt gar nicht erst an zu handeln. Etwas haben wir dann aber doch gehandelt, die Makler - und Notargebühren sind nämlich zu ihren Lasten gegangen. Und für die Badsanierung, denn da musste einiges erneuert werden. Ansonsten waren wir uns über den Preis schnell einig. Damals, beim Notartermin, war von Bling, Bling und Glitzer bei der Frau nichts mehr zu sehen gewesen. Sie sah blass aus und war kaum geschminkt. Damals glaubte ich, sie mache sich große Sorgen um ihren Mann. Mir wäre es jedenfalls so gegangen. Überrascht hatte mich mein Mann, er bestand darauf, dass alles auf meinen Namen eingetragen wurde. Ich hatte keine Ahnung gehabt von seinem Plan. Die Verkäuferin schnappte hörbar nach Luft und stotterte: 'Aber so war es doch nicht abgemacht, das geht doch nicht. Was soll ich denn meinem Mann sagen?' Der Notar fragte Bernd mehrmals eindringlich: 'Sie wissen, was das bedeutet? Sie haben keine Anrechte auf das Haus und Grundstück, selbst bei einer Scheidung gehen sie leer aus.' - 'Ja', sagte Bernd entschlossen, 'ich bin mir dessen bewusst. Aber ich will das so. Es hat alles seine Richtigkeit.' Er schaute mich dabei so liebevoll an, dass ich schlucken musste."

Jetzt, wo mich der Mann der Kripo befragte, fiel mir noch ein, das Geld hatten wir mit zum Notar genommen. Die Verkäufer hatten es bar haben wollen. Danach haben wir nie wieder von ihnen gehört. Auch der Notar hatte keine Adresse. Denn als es Probleme mit der Klärgrube gab und wir nicht wussten, wo die Rohre verlegt waren, hätten wir eine Auskunft von ihnen gebrauchen können, aber er hatte uns nicht helfen können. Dadurch musste fast der ganze Garten aufgegraben werden.

Nachdem der Kripobeamte die Namen der Verkäufer gelesen hat, murmelt er vor sich hin: „Der Name sagt mir was. Ich kenne auch das Haus, ich war schon einmal hier. Da war schon einmal eine Sache, mit Drogen und einem Überfall hier im Haus. Wir waren damals einer Bande hart auf den Fersen, aber konnten nichts beweisen. Wir vermuteten einen Ring von Drogendealern, aber auf einmal waren alle weg. Vielleicht hatte er in der Garage ein Geldversteck."

*Drogendeale*r, mein Gott, wo waren wir da hineingeraten? Verbrecher, Überfall, was war mit diesem Haus los? Die Worte drehen sich in meinen Kopf, mir wird plötzlich schwindelig.

Jetzt stehe ich etwas zitterig an der Terrassentür. Luft, denke ich, ich brauche Luft. Ich schaue in den Garten zum Baumhaus, auch das hat unser Vorgänger gebaut. Es ist hoch oben in einer Eiche, im Sommer ist fast nichts davon zu sehen, und so geräumig, dass man mit zwei Personen darin übernachten kann. Im ersten Sommer haben wir das zweimal gemacht. Im Dach ist eine Luke. Wir hatten sie geöffnet, denn die Nächte waren sehr warm. Aber beim Anblick des Sternenhimmels fröstelte mich, ich fühlte mich so winzig und unwichtig. Wir dürfen nicht immer mehr wollen. Damals hatten wir uns fest vorgenommen, wir wollten dankbar sein für alles, was wir haben. Jetzt im Herbst hatten sich die Blätter schon so weit gelichtet, dass man das Haus erkennen konnte. Beim genaueren Hinschauen meinte ich, dass ab und zu etwas im Baumhaus rot aufblitzte. Wie kam das dahin? Dann schoss mir ein Gedanke in den Kopf, Bernd hatte heute seinen roten Anorak angehabt. Sollte er im Baumhaus sein? Nein, nein das konnte nicht sein. Warum sollte er?

Ich drehe mich zum Kripobeamten um und bat ihn: „Bitte schauen sie nicht zum Baumhaus, aber ich glaube da, ist jemand drin."

Er guckt mich verdutzt an: „Baumhaus, ich verstehe immer Baumhaus. Ich wusste gar nicht, dass es ein Baumhaus gibt."

Ich erzähle es ihm kurz, aber erwähne nicht meinen Mann. Im Stillen beschimpfe ich mich selbst, wie konnte ich nur Bernd im Baumhaus vermuten. Aber heute war alles so verrückt. Ich weiß einfach nicht mehr, was ich noch denken soll. Zu zweit schleichen die Beamten von den Seiten auf das Baumhaus zu. Beide richten ihre Waffen nach oben. „Rauskommen oder wir schießen, hier ist die Polizei."

Langsam wird die Strickleiter herunter gelassen. Es folgt ein Bein, dann ein zweites. Nein, das ist nicht mein Mann. Das ist ja ein Zwerg! Jetzt kommt der rote Anorak in Sicht. Ich erkenne unseren Nachbarjungen Tobias.

„Bitte, nicht schießen, wir kommen ja runter." Er zittert wie Espenlaub. Die Strickleiter schwankt mit ihm bedenklich hin und her. Er klammert sich fest und die Tränen laufen über sein Gesicht. Ein Beamter hält die Leiter fest und der andere hebt ihn runter.

Bella und ich sind inzwischen raus gelaufen. Der Junge wird von unserem Hund begrüßt wie ein verlorenes Familienmitglied. Sie kennen sich gut, denn er geht oft mit ihr spazieren. Der zweite Junge, ein Freund von

Tobias, kommt auch zitterig, aber etwas gefasster runter. Er weiß sich in Sicherheit.

Einer der Beamten sagt energisch: „So, jetzt gehen wir zu euren Eltern."

„Nein, nein, bitte nicht" kommt es im Chor.

„Doch", sagt der Beamte, „das muss sein". Aber er grinst dabei in bisschen, ich weiß, er meint es nicht ernst.

„Ach", sage ich, „lassen Sie es gut sein, ich rede mit den beiden. Vielleicht haben sie was wichtiges gesehen. Am besten, ihr kommt mit ins Haus, ich mache euch erst mal einen Kakao auf den Schreck. Dann könnt ihr mir alles in Ruhe erzählen."

Sie gucken mich mit so einem dankbaren Hundeblick an, dass ich mir das Lachen verkneifen muss. Und dass, obwohl mir wirklich nicht nach Lachen zumute ist. Es sprudelt aus den beiden nur so heraus. Auf keinen Fall dürfte ich den Eltern etwas erzählen. Sie versprechen, dass sie nie wieder heimlich in das Baumhaus gehen würden.

„Habt ihr geraucht?", frage ich.

„Ja, aber nur probiert, es schmeckt eklig. Was finden die Erwachsenen nur so toll daran", sie wenden verlegen die Gesichter ab.

„Na, dann wisst ihr ja, was ihr später nicht macht" sage ich. „Aber nun erzählt mal, was habt ihr denn gesehen, denn irgend etwas ist doch passiert."

„Na ja, zuerst waren wir allein. Dann sind sie nach Hause gekommen und wir wollten gerade runter klettern. Da kam die Taxe mit dem Mann, der früher hier gewohnt hat. Wir haben ihn genau erkannt. Er hat immer mit uns rumgemeckert. Da konnten wir nicht mehr runter. Wir dachten, er will euch besuchen. Aber er hat nicht geklingelt, sondern einfach die Garage aufgeschlossen. Das kam uns komisch vor und wir haben weiter beobachtet." Tobias plusterte sich bei seinem Bericht ein bisschen auf, er merkt, wie wichtig seine Aussage ist. „Ich konnte nicht bei der Polizei anrufen, weil mein Akku leer war. Darum haben wir einfach abgewartet und plötzlich war die Polizei da."

„Wie im Krimi, da sind die auch immer so schnell", sagt sein Freund.

In der Zwischenzeit hat sich ein Kriminalbeamter zu uns gesellt. „Aber dann habt ihr ja erst richtig festgesessen", meint er.

„Aber es war ja auch richtig interessant und wir haben unseren Freunden viel zu erzählen", meint Tobias.

„Stopp, stopp", kommt es von der Kripo, „ihr dürft erst mal überhaupt nichts erzählen. Ihr seid wichtige Zeugen und es könnte für euch gefährlich werden, wenn er weiß, dass ihr ihn erkannt habt. Mein Kollege geht jetzt mit euch zu Tobias' Eltern und wird alles erklären. Ihr braucht keine Angst zu haben, wir erzählen nichts vom Rauchen und so. Und die Erlaubnis für das Baumhaus habt ihr doch sowieso, nicht wahr?"

„Aber natürlich, ihr dürft es jederzeit besuchen", versichere ich den beiden.

„Außerdem ist es sehr gut, dass ihr die Augen offengehalten habt, das hilft der Polizei sehr."

Die beiden werden gleich zehn Zentimeter größer. Ich bitte die Jungen, nach dem Gespräch bei den Eltern noch eine kleine Runde mit unserem Hund zu drehen, was von ihnen mit großer Begeisterung aufgenommen wird. So muss ich nicht mit Bella laufen, denn heute wurde sie arg vernachlässigt. Und bei mir flatterten inzwischen die Nerven so stark, wahrscheinlich würde ich mich an der nächsten Ecke hinsetzten und nur noch heulen, was Bella nichts bringen würde. Wie hatte ich nur annehmen können, dass mein Mann im Baumhaus wäre? Ich versuche es noch einmal auf seinem Handy, aber wieder nichts.

Laut und vernehmlich knurrt plötzlich mein Magen. Erst jetzt kommt es mir zum

Bewusstsein, dass ich seit dem Morgen nichts mehr gegessen und getrunken habe.

„Möchten sie auch ein Stück Kuchen und eine Tasse Kaffee? Ich muss jetzt unbedingt etwas essen, sonst bekomme ich fürchterliche Kopfschmerzen. Das ist bei mir in außergewöhnlichen Situationen immer so."

„Ja, ich nehme gerne einen Kaffee und erzählen Sie mir doch bitte mehr über Ihren Mann. Warum hat er zum Beispiel Ihren Familiennamen angenommen?"

Der Kripobeamte und ich hatten gerade unsere Tasse Kaffee ausgetrunken, als es an der Tür Sturm klingelt.

„Wer ist denn das?", entfährt es mir, „mein Mann hat Schlüssel."

„Ich bleibe bei ihnen, öffnen sie ruhig", beruhigt mich der Beamte.

Gisela steht vor der Tür: „Ich bringe dir selbstgemachten Johannisbeersaft und Suppe. Du musst doch etwas essen, bei so einer Aufregung vergisst man das schnell."

Tritt ein und sieht den Kripobeamten in der Wohnzimmertür stehen.

„Ach, da ist ja schon ein Tröster", sagt sie scheinheilig!

„Nein, das ist die Polizei, der Bericht muss noch fertig werden", erwidere ich.

„Na ja, was sein muss, muss sein", sagt sie und stürmt an uns vorbei in die Küche. Stellt ihre Mitbringsel auf den Küchentresen und schaut in die Runde.

„Ganz gemütlich hier mit Kaffee und Kuchen. So lass ich mir eine Befragung gefallen", meint sie süffisant. „Schon was von Bernd gehört?"

„Nein!"

„Was ist denn überhaupt passiert?"

„Unser Auto wurde geklaut!" Vom Loch in der Mauer sage ich nichts.

„Ach, das ist ja komisch, so neu ist euer Auto doch gar nicht. Hast du denn etwas gesehen?"

„Nein, ich konnte nichts erkennen."

„Ach, das ist ja nicht so schlimm, das Auto ist ja versichert. Heinz hat auch schon herumtelefoniert bei Kollegen, aber Bernd ist nirgendwo aufgetaucht. Wenn wir dir helfen können, sag einfach Bescheid."

Ich falle von einer Überraschung in die Nächste. Diese Gisela, die gar nicht gerne kocht, bringt mir Suppe. Obwohl sie genau weiß, dass ich immer einen Vorrat habe. Aber ihren selbstgemachten Saft, über den freue ich mich, den trinke ich wirklich gern. Sollte ich mich doch in ihr getäuscht haben? Sonst kann sie sich keine Spitze gegen mich verkneifen. Immer wieder kritisiert sie meine Kleidung, die ich schlicht und sportlich mag. Im Gegensatz zu ihr. Sie trägt fast genau so viel Bling Bling wie die Verkäuferin des Hauses.

„Mach doch mal mehr aus dir", sagt Gisela oft zu mir.

„Ich fühle mich so wohl, jeder muss das für sich entscheiden", ist meistens meine Antwort.

„Na ja, Hauptsache, Bernd gefällt es",
kommt es dann spitz von ihr - oft habe ich den
Eindruck, dass mein Mann dann kurz
zusammenzuckt.

Jetzt dreht sich Gisela einmal im Kreis und
fragt: „Wo ist denn euer Hund?"

„Der ist mit dem Nachbarjungen noch
einmal raus, aber sie sind gleich wieder da.
Warum?"

„Na, mit Hund ist es doch sicherer hier.
Aber ich muss jetzt auch wieder zu Heinz,
ohne mich ist der ja völlig hilflos."

Von draußen hören wir lautes Bellen und
die Stimmen von den Jungen.

„Frau Morgenthal", rufen sie „wir haben das
Fahrrad gefunden."

Gisela und ich stürzen raus. Als sie Gisela
sehen, bleiben die Jungen wie angewurzelt
stehen. Sie gucken sich an und sagen kein
Wort mehr.

„Na, dann will ich mal", sagt Gisela und
entfernt sich langsam.

Nachdem sie ein paar Schritte weg ist, legen die Jungen wieder los. „Das Fahrrad liegt an der Ecke, da, wo es zum Moor geht, in den Brennnesseln."

Gisela bleibt kurz stehen, zieht die Schultern hoch und dreht sich langsam um. Sie kann es sich nicht verkneifen zu fragen: „Wessen Fahrrad?"

„Na, das von ihrem Mann", sagte Tobias und zeigt auf mich. „Bella hat uns richtig hin gezerrt. Sie wollte auch in den Weg zum Moor rein, aber da hatten wir Bammel. Es wird ja schon bald dunkel."

„Dann kann Bernd ja nicht so weit sein", meint Gisela leichthin, „ach, ich merke gerade, ich habe noch ein Würstchen für Bella dabei."

„Aber", entfährt es mir, „sie soll doch nicht ..."

Da hat unser Hund, verfressen wie immer, das Würstchen schon verschlungen. Dann endlich geht Gisela wirklich zu ihrem Auto und fährt rasch weg.

„Komisch" entfährt es mir, „so kenne ich sie gar nicht. Bringt mir Essen und für den Hund eine Wurst. Angeblich hat sie eine Hundeallergie. Aber eins weiß ich genau, sie mag keine Tiere", erkläre ich dem Kripobeamten.

In meinem Kopf fahren die Gedanken Karussell. Aber wie es sich auch dreht, es kommt kein vernünftiger Gedanke dabei heraus.

Der Kripobeamte hat inzwischen telefoniert. Die Spurensicherung muss noch mal herkommen, um das Fahrrad und den Fundort zu sichern.

„Wir haben uns gewundert", sagt der Freund von Tobias, „das Fahrrad liegt in der falschen Richtung. Nicht hierher, sondern von hier weg. Ohne Bella hätten wir es nie gefunden."

Ich gehe rein und schimpfe noch ein wenig mit unserem Hund: „Du verfressenes Vieh, Du sollst doch nichts von Fremden nehmen!"

Bella lässt den Kopf hängen und schleicht auf ihren Platz.

Der Kripobeamte kommt kurz zurück. „Ich glaube, ich kenne die Frau, die eben hier war, ich bin mir ziemlich sicher. Es muss im Zusammenhang mit den Drogen gewesen sein. Ich fahre jetzt schnell mit den Jungen zum Fahrrad, bin aber gleich wieder zurück. Schließen sie alles gut ab und lassen sie auch die Jalousien runter. Ich habe kein gutes Gefühl."

Sofort beginne ich, alles zu verschließen und die Jalousien runter zu lassen. Auch im Schlafzimmer verriegele ich alles und schiebe mit Mühe die Kommode vor die Terrassentür. Ich schüttele über mich selbst den Kopf, aber ich kann mich einfach nicht gegen meine Angst wehren. Ich fühle mich hilflos und weiß nicht, was ich machen soll. Am liebsten würde ich mich in einem Mauseloch verkrochen. Aber es gibt kein Loch für mich. In mir ist diese fürchterliche Unruhe, sodass ich am liebsten aus der Haut fahren würde. Ich gehe ins Wohnzimmer zurück. In dem Moment höre ich, wie unser Hund würgt und sich erbricht. Einmal, zweimal und noch ein drittes Mal.

Ich schimpfe leise vor mich hin: „Diese verdammte Gisela, was hat sie Bella da bloß gegeben?" Und zu unserem Hund: „Das hast du nun davon, du verfressenes Stück." Bella jammert leise vor sich hin. „Ja, ja meine Süße, nun ist ja hoffentlich alles raus." Ich streichele leicht ihren Bauch. Beim Wegputzen sehe ich die Bescherung. In den ausgebrochen Wurststücken stecken mehrere kleine weiße Pillen. Nun fluche ich laut: „Miststück, falsche Schlange, das wirst du mir büßen. Warte nur ab, meinen Hund vergiften!"

Vielleicht will Gisela ja auch mich vergiften? Was ist, wenn sie Gift in den Johannisbeersaft getan hat, in die Suppe?

Ich kann nur hoffen, dass Bella alles ausgebrochen hat. Ich trichtere ihr Wasser ein, immer nur so viel, dass sie schlucken muss. Hoffentlich ist von den Tabletten nichts oder nur wenig drin geblieben, bete ich.

Wie konnte ich nur eine Sekunde lang glauben, dass ich mich in Gisela getäuscht haben könnte. Sie ist ein absolut schlechter Mensch. Schon immer war Gisela mir gegenüber gehässig gewesen, von Anfang an.

Ein halbes Jahr nach dem Kauf des Hauses hatten Bernd und ich uns daran gemacht, die halbe Küchenwand zum Wohnzimmer raus zu reißen. Mit der unteren Hälfte würden wir einen Esstresen zum Wohnzimmer konstruieren. Es war Sommer, es war warm und trocken, die Gelegenheit war günstig, alle Möbel auf die Terrasse zu stellen, damit sie nicht einstaubten. Die Einbauschränke klebten wir ab, die wollten wir später weiß streichen. So dunkel, wie wir sie übernommen hatten, gefielen sie uns nicht, wir lieben es hell und offen.

Bernd schlug voller Wucht und auch mit großer Wut, wie es mir schien, auf die Mauer.

Dabei schrie er: „So, da hast du es!" Als wenn er sich abreagieren musste.

Ich brachte eine Schubkarre mit Schutt nach der anderen in die hinterste Ecke des Gartens. Als ich nach der letzten Fuhre zurückkam, sah ich, dass Bernd eine Plastiktüte in den Schrank legte, in dem der Mülleimer stand.

„Was war das?", fragte ich neugierig.

„Ach, nur Müll", wurde mir geantwortet.

Wir schauten uns an, es lag eine gewisse Spannung in der Luft. Beide holten wir tief Luft.

„Haben wir das gut gemacht oder haben wir das gut gemacht?", fragte Bernd.

„Ja, das haben wir sehr gut gemacht. Aber ich habe da noch eine sehr gute weitere Idee", meinte ich.

„Was, du auch? Worauf warten wir dann noch." Der Sex nach so einer gemeinsamen, schmutzigen Arbeit war wahnsinnig. Obwohl wir überall den feinen Staub spürten, hinderte er uns nicht, im Gegenteil. Beim gemeinsamen Duschen beschlossen wir, der nächste Umbau, das würden die Badezimmer.

Nachdem Wohnzimmer und Küche bei uns wieder tipptopp waren, luden wir Heinz und Gisela ein. Wir hatten vorher nichts verraten. Stolz präsentierten wir unser Werk. Die Reaktion von Gisela schockierte mich allerdings. Beim Betreten des Wohnzimmers blieb Giselas Mund weit offen. „Was habt ihr getan?", rief sie schrill, „Wie könnt ihr nur? Ihr könnt doch nicht das ganze Haus umbauen und Wände raus hauen."

„Mir gefällt das so", kam es von Heinz.

„Ja, dir gefällt ja immer alles", zischte sie, „aber was wird Christian dazu sagen?"

„Christian, wer ist Christian?", fragte ich.

„Na, mein Christian, der, der euch das Haus verkauft hat, der ist mein Bruder!"

„Das ist dein Bruder, wieso hast du nie etwas davon gesagt? Was hat er aber mit unseren Umbauten zu tun? Das ist unser

Haus, wir haben es gekauft und wir können damit machen, was wir wollen!", erwiderte ich wütend.

„Ja, Gisela", sagte Bernd, „das ist doch alles so in Ordnung, es ist schließlich Renas Haus."

„Aber", stotterte Gisela, „ich denke, das war anders abgemacht?"

„Abgemacht? Wieso? Was war abgemacht? Ich höre das jetzt zum zweiten Mal." Allmählich war ich genervt.

„Ich dachte, es war besprochen, dass sie es wieder zurückkaufen wollen, und nichts verändert werden darf. Die Frau meines Bruders hat es mir so erzählt."

Ich konnte mir die beiden Frauen gut zusammen vorstellen. Viel Bling Bling, Glitzer und dummes Geschnatter noch dazu, das passte. Außerdem immer diese Gehässigkeiten von Gisela. Sie hat so stahlblaue Augen, wie ich sie noch nie bei einem anderen Menschen gesehen habe.

Wenn sie mich ohne Blinzeln anstarrt und ihre Mundwinkel leicht runter zieht, läuft mir ein Schauer über den Rücken. Sie muss das vor dem Spiegel geübt haben, auch wie sie Hasswellen produzieren kann, von denen einem schwindelig werden kann. Dafür stemmt sie leicht eine Hand in die Hüfte und macht sich ganz groß, mit nach oben gerecktem Kinn. Ich habe Bernd nie von meinen Empfindungen gegenüber Gisela erzählt. Wahrscheinlich hätte er es als Eifersucht abgetan. Aber ich war mir sicher, Gisela hasste mich.

Damals bin ich auf das Gerede von Gisela nicht weiter eingegangen. Es war schließlich unser Haus, basta!

Jetzt diese Attacke auf unseren Hund. Warum nur? Und wer steckte da alles mit drin? Diese Fragen rasten durch meinen Kopf. Meine Gedanken überschlagen sich. Wer kann mir helfen, wem kann ich noch vertrauen? Ich fühle mich völlig hilflos. Ich, die sonst immer alles im Griff hat und für alles einen Plan, drehe langsam durch.

In dem Moment klingelt es wieder an der Tür. Vorsichtig schleiche ich hin und schaue durch den Spion. Gott sei Dank, es ist der Kripobeamte. Ich öffne die Tür nur wenig und spähe hinaus. Er zeigt auf ein völlig verbeultes Fahrrad. Das Hinterrad ist richtig zerfetzt. Aber es ist eindeutig Bernds Fahrrad.

Ich erkenne es an dem Aufkleber. Es hat so ein witziges Bild von einem Boxer vorne auf dem Schutzblech. „Ja", nicke ich „das ist sein Rad." Ich lasse den Beamten schnell herein und es sprudelt nur so aus mir heraus. Ich bin so aufgeregt, dass ich nicht in ganzen Sätzen sprechen kann. Aber immerhin kommt bei ihm an: Bella, Gisela, Gift und Wurst.

Er schaut sich unseren Hund an und die ausgewürgte Wurst mit den Tabletten: „Verdammt, also doch. Ich war mir nicht sicher, aber ich glaube, sie gehört zu dieser Bande. Sie hat sich wahrscheinlich ihr Gesicht etwas verändern lassen. Und sie trägt bestimmt farbige Kontaktlinsen."

Ah, daher dieses unnatürliche Stahlblau, geht es mir durch den Kopf.

„Ich stelle ihnen einen Wagen mit Beamten in Zivil vor die Tür, damit sie sicher sind. Vielleicht kommt sie zurück und wir können sie schnappen. Ich werde noch mal ins Büro fahren und mir die Akten ansehen. Ich rufe an, sobald ich etwas Genaues weiß. Aber schließen sie alles zu, verbarrikadieren sie sich, bei denen muss man mit allem rechnen."

Ja", stammele ich, „ist es so schlimm?"

„Alles ist möglich, seien sie lieber vorsichtig." Mit diesen Worten geht er schnell hinaus.

Ich gehe zu Bella, sie schläft. Ihr Herzschlag ist kräftig und regelmäßig. Sie wird den Giftanschlag gut überstehen, da bin ich zuversichtlich. Ich setze mich neben das Hundekörbchen und kann die Tränen nicht mehr aufhalten. Sie strömen unentwegt. Ach, lass es einfach raus, denke ich, vielleicht fühlst du dich dann leichter. Wegen Gisela wird mir schon was einfallen. Es muss was Qualvolles sein, damit sie wirklich leidet. Meinen Hund vergiften, da werde ich zur Furie. Sicher hat sie ihre Hände sie beim Drogenhandel mit drin.

Erst neulich hatten wir eine heftige Diskussion wegen Drogen. Bei uns im Krankenhaus hatte es wieder einen Drogentoten gegeben. Kurz vor seinem Tod hatte er noch die Ärztin gebissen. Zuerst wusste niemand, ob er Aids hatte. Was Gott sei Dank nicht der Fall war. Aber der Vorfall schlug hohe Wellen im Krankenhaus. Beim Treffen mit Heinz und Gisela hatte ich gesagt, man sollte die Händler und Hintermänner viel härter bestrafen.

Da sprang Gisela wie angestochen aus ihrem Sessel. Sie schrie: „Ja, du lieber Gutmensch, du weißt ja immer alles ganz genau. Du kennst auch die Hintergründe, die jemanden dazu treiben, da mitzumachen. Viele kommen aus einem schrecklichen Elternhaus. Wurden misshandelt oder missbraucht. Wie zum Beispiel bei der Mutter von deinem Bernd. Die ist auch eine Drogentussi. Aber das weißt du ja gar nicht, meine kleine Heilige. Du und deine liebe Mutter, ihr seid ja so großartig miteinander. Immer nur Liebe und Eiapopeia. Da kann man über den sogenannten Abschaum gut richten. Du denkst doch, die haben alle selbst schuld, wenn sie Drogen nehmen." Sie kam mit ihrem Gesicht nah an mich ran: „Was weißt du denn überhaupt vom Leben?"

Ich war bei dem Wort „Drogentussi" zusammengezuckt, mit dem sie Bernds Mutter bezeichnet hatte. Bernd hatte nur mal erwähnt, seine Mutter wäre nicht mehr da. Jetzt tat ich cool und sagte: „Du meinst, du weißt alles über mich und kannst dir eine Meinung bilden. Na, dann bilde dir man schön. Ich jedenfalls möchte jetzt nach Haus."

Auf der Fahrt nach Hause sagte ich zu Bernd: „Ich möchte die beiden erst mal nicht mehr treffen."

„Ja, wir sollten uns in der nächsten Zeit rar machen" bestätigte mir Bernd.

Das Wort „Drogentussi" hatte sich in meinem Kopf festgesetzt. „Bitte erzähl mir von deiner Mutter", bat ich, als wir zu Hause waren.

„Da gibt es nichts Besonderes zu erzählen. Es war wie bei allen Drogenabhängigen. Ich musste schon sehr früh meiner Mutter Stoff besorgen. Mehrmals hat sie einen Entzug gemacht, wieder abgebrochen, wieder Drogen. Der letzte Entzug war erfolgreich und sie lebt jetzt in einer kirchlichen Einrichtung. Sie hilft in der Küche und will nicht mehr draußen leben. Sie könnte es auch nicht. Sie fühlt sich da wohl, ab und zu besuche ich sie. Aber sie hat große Angst, dich kennenzulernen. Deswegen musste ich versprechen dir zu sagen, sie sei nicht mehr da. Ich möchte auch nicht schlecht über sie sprechen. Es war nicht immer leicht. Und sie hat auch sehr gelitten."

„Ich habe immer angenommen, sie sei tot."

„Nein, das habe ich nie gesagt", kam es von Bernd.

Das stimmte, dass sie tot ist, hatte er nie gesagt. Nur dass sie nicht mehr da wäre.

Ich wiederum hatte über meine Kindheit nie groß mit ihm gesprochen. Denn da war durchaus nicht alles golden, wie Gisela es meinte. Mein Vater hatte sich schon früh aus dem Staub gemacht. Ich war erst vier Jahre, als er sich eine neue „Flamme", wie er sich ausdrückte, suchte. Auch ich wollte nicht schlecht über meinem „Erzeuger" reden. Darum erwähnte ich ihn nirgends. Ich habe erst viel später erfahren, was er meiner Mutter an den Kopf geworfen hatte. „Bei dir ist mir immer so kalt, ich bekomme keine Inspirationen. Du erstickst alle meine Ideen schon im Keim."

Er ist davon überzeugt, dass er ein Künstler ist. Meine Mutter zuckte nur die Achseln, als sie es mir später erzählte. Sie hat sich dann voll auf mich konzentriert. Damit ich alles bekam, was ich brauchte, hat sie zusätzlich gearbeitet. Schon früh habe ich mitgeholfen und Zeitungen ausgetragen. Ich habe immer viel gelernt, damit ich später einen Beruf ergreifen konnte, der mich ernährt und unabhängig sein lässt. Meine Mutter hat mich immer unterstützt, deshalb ist unser Zusammenhalt so stark.

Mein Vater hatte sich nie um mich gekümmert, hat nie etwas bezahlt. Er war Künstler und für mich spielte er keine Rolle. Jetzt war er schon mit der fünften Frau zusammen. Nie verheiratet!!! Ein Kind nach dem anderen in die Welt gesetzt. Aber nie Verantwortung oder Kosten übernommen. Notorisch bankrott, genau wie man sich einen Künstler vorstellt. Erst spät, da war er schon 60 Jahre, hatte er sich bei mir gemeldet.

Meine Mutter und er waren locker in Verbindung geblieben.

Eines Tages stand er einfach vor meiner Haustür. „Ich wollte doch mal sehen, wie es meiner Erstgeborenen geht!", meinte er. Er schaute sich in meiner Wohnung um und fragte: „Und Kinder?"

„Na, davon hast du doch schon genug gemacht, da muss ich doch nicht auch noch helfen", platzte es aus mir raus.

„Na, dann bleibst du eben trocken und ohne strahlende Kinderaugen", war seine wenig liebenswürdige Antwort.

Kotzbrocken bleibt Kotzbrocken, dachte ich. „Dann lieber mit Verantwortung für strahlende Kinderaugen von anderen", erwiderte ich.

„Ja, das reden wir uns immer ein, Verantwortung. Aber beschissen werden wir doch überall", sagte mein lieber Vater, „pah, Mülltrennen, Umweltverschmutzung, sauberer Diesel, alles Betrug."

Ja, das waren so die Weisheiten meines Erzeugers. Es blieb zum Glück bei einem einmaligen Besuch, dann war er wieder aus meinem Leben verschwunden. Gott sei Dank!

Jetzt, neben meiner misshandelten Bella, kommen mir die Gedanken an Bernd und seine beschissene Kindheit in den Sinn. Steckt er bei dieser Drogenbande auch mit drin? So langsam kann ich an seine Unschuld nicht mehr glauben. Normalerweise hätte er sich schon längst melden müssen. Wo steckt er nur, was macht er? Und diese Hexe Gisela, was will die von uns?

Plötzlich meine ich, ein leises Kratzen und Klopfen zu hören. So, als wenn jemand mit dem Fingernagel an einer Scheibe kratzt und leicht klopft. Ich hebe alarmiert den Kopf und lausche. Nix! Habe ich mich verhört? Da! Da ist es wieder, leise, aber doch deutlich. Es scheint von der Terrassentür im Wohnzimmer zu kommen. Leise schleiche ich hin und horche. Jetzt klopft es wieder ganz leise und ich höre die Stimme von Bernd: „Rena, ich bin es, bitte mach auf."

Ich fröstele, was macht mein Mann vor der Terrassentür? Warum kommt er nicht einfach durch die Haustür? Ich lasse die Jalousie ein Stück hoch und spähe raus. An die Tür gelehnt liegt Bernd auf der Terrasse. Verschmutzt und blutig, Schrammen im Gesicht und an den Händen, mit einem zerrissenen Hosenbein. Ich sehe sein blutiges Schienbein. „Oh Gott!", entfährt es mir.

„Bitte hilf mir rein! Aber vorsichtig, mir tut alles weh."

„Dann musst du jetzt die Zähne zusammenbeißen", entgegne ich. Ich lasse die Jalousie etwas hoch fahren, damit wir drunter durch passen würden. Ich hebe Bernds Beine an und zerre an ihm, sodass er sich ins Zimmer rollen kann. Er jammert und stöhnt dabei furchtbar. Als er im Wohnzimmer liegt, fahre ich die Jalousie sofort wieder runter.

„Was ist passiert? Wieso kommst du nicht durch die Haustür? Oh, du blutest ja fürchterlich."

Erst jetzt hatte ich entdeckt, dass nicht nur Bernds Schienbein blutet, das meiste Blut kommt vom Oberschenkel.

Bernd stöhnt: „Ich glaube, die Polizei steht vor unserem Grundstück, und der wollte ich nicht in die Arme laufen."

„Na ja, 'laufen' ist ja leicht geprahlt", meine ich. „Was hast du bloß gemacht, wieso bist du verletzt? Warum hast du Angst vor der Polizei?"

Inzwischen hatte ich Wasser und Tücher geholt und reinigte sein Bein. „Ach, lass, das ist alles nicht so wichtig", murmelte er.

„Aber dein Bein muss versorgt werden, es blutet heftig."

„Dann binde einfach das Tuch drum, ich muss mit dir reden", sagt er eindringlich.

„Ja", erwidere ich, „das denke ich auch, du musst so einiges erklären."

Inzwischen hatte ich die Terrassentür wieder verrammelt. Bernd sitzt auf dem Fußboden, er hat sich an die Heizung gelehnt. Ich setze mich daneben. „Los, nun beichte" fordere ich ihn auf.

„Ja, ich muss beichten, aber es gibt so viel und ich schäme mich."

„Dann beginn mal damit, warum du so zugerichtet bist. Hat das was mit der Drogenbande zu tun? Haben sie dich geschlagen?", frage ich aufgeregt.

„Nein, das war ein Unfall. Ich war schon auf dem Rückweg, als mein Hinterrad keine Luft mehr hatte. Weil es immer noch so stark regnete, wollte ich auf der anderen Straßenseite im Bushäuschen den Reifen aufpumpen. Ich war noch nicht ganz auf der anderen Seite, als ein Auto angerast kam. Unser Auto!! Ich konnte es nicht fassen. Es hat noch mein Hinterrad erwischt und ich flog mit dem Rad in den Stacheldraht und in die Brennnesseln."

„In dem Auto saß dein Christian!", zische ich ihn an. „Der war hier, er hat ein Loch in die Garagenwand gekloppt und das Auto geklaut. Und deine Gisela wollte unsere Bella vergiften und mich wahrscheinlich auch. Sie brachte mir Suppe und ihren Johannisbeersaft. Aber ich habe nichts angerührt."

„Diese Hexe", kommt es von Bernd, „wie geht es Bella denn? Ich habe mich schon gewundert, dass sie nicht gekommen ist, um mich zu begrüßen."

„Sie schläft, ich hoffe, sie hat alles ausgebrochen", versuche ich ihn zu beruhigen.

Bernd schüttelt sich: „Dann ist Christian also in Deutschland. Ich weiß gar nicht, wie der aus dem spanischen Knast abhauen konnte?"

„Wieso Knast in Spanien? Ich dachte, er lag da damals im Krankenhaus."

„Nein, er war da im Knast und hätte noch einige Jahre bleiben müssen. Deswegen war er beim Verkauf des Hauses nicht dabei. Sie hatten ihn mit Drogen geschnappt. Beim letzten Krankentransport ist nämlich etwas schiefgegangen. Er musste danach selbst noch mal nach Spanien runter und da haben sie ihn geschnappt."

„Stopp, stopp", rufe ich „Krankentransport, Spanien und Christian geschnappt, das musst du erklären. Ich habe keine Ahnung, wovon du sprichst."

Bernd holt tief Luft: „Ja, ich fange von vorne an. Ich kenne Gisela und Heinz aus Kiel. Heinz und ich haben im selben Krankenhaus gearbeitet. Aber wir sind damals noch nicht zusammen gefahren.

Eines Tages hat Heinz mich gefragt, ob ich aushelfen könnte. Ein Freund wäre ausgefallen. Sie würden ab und zu Schwerkranke aus Spanien abholen. Nun wäre ein Transport angefordert und der Freund krank. Deswegen wären sie in einer Notlage. Ich hatte zwei Tage frei und sagte sofort ja. Alles lief reibungslos. In einer kleinen Klinik wartete man schon auf uns. Ohne große Kontrollen konnten wir durchfahren. Damit war für mich die Angelegenheit erledigt. Nach etwa drei Monaten hat Heinz mich wieder gefragt. Dieses Mal würde auch für mich finanziell was rausspringen. Ja, warum nicht, habe ich gedacht. Geld konnte ich immer gebrauchen und Zeit hatte ich auch. Aber beim letzten Transport kam mir doch einiges komisch vor.

Wir holten den 'Patienten' wieder aus der kleinen Privatklinik ab. Ein Arm und ein Bein waren bandagiert. Um den Kopf hatte er einen Verband. Aber seine Augen guckten ganz wach. Sein Bart war ungepflegt, richtig strubbelig. Das ist kein normaler Tourist, dachte ich. Ich habe ihn auf Deutsch und Englisch angesprochen. Er hat nicht reagiert. Er hatte mich nicht verstanden. 'Ach lass man', sagte Heinz, 'ich mach das schon, er spricht nur Spanisch.'

'Nur Spanisch? Was will der dann in Deutschland in einem Krankenhaus?', fragte ich ihn. 'Er hat reiche Verwandte in Deutschland, hier in Spanien kann er die Behandlung nicht bezahlen', erklärte mir Heinz.

Dieses Mal fuhren wir den 'Patienten' zu einem riesigen alten Anwesen. Zwar empfingen uns zwei Männer in weißen Kitteln, aber es sah nicht nach einer Klinik aus. Heinz sagte zu mir: 'Warte mal im Auto, wir fahren gleich weiter. Die wissen hier schon, was sie tun.' Das kam mir alles sehr merkwürdig vor.

Heinz hat mich danach zu Hause abgesetzt und ich habe ihm gesagt: 'Ich bin noch einmal eingesprungen, aber das war es dann auch für mich. Für mich ist das nichts, ich möchte damit nichts zu tun haben.'

'Ja, natürlich', erwiderte Heinz etwas verschnupft, 'das ist deine Entscheidung. Wenn du nicht helfen willst. Mach dir keine Gedanken, wir finden schon jemand anderen.'

Dann war fast vier Monate Ruhe. Obwohl ich mitbekam, dass Heinz mit einem anderen zwei Fahrten machte. Aber eines Abends standen plötzlich Heinz und Gisela bei meiner Mutter vor der Tür. Sie hatte gerade wieder eine schwierige Phase und ich wohnte vorübergehend bei ihr. Die beiden wussten genau Bescheid. Im Nachhinein denke ich, dass sie das eingefädelt und meiner Mutter Drogen gegeben hatten. Sie haben mich erpresst: 'Wenn du nicht mitmachst, hängen wir deine Mutter hin und du kannst auch gleich mit in den Bau gehen.' Sie hatten Fotos, wie ich den spanischen Patienten in den Wagen schiebe. Ich am Steuer, ich beim Ausladen, ich bekomme einen Umschlag. Heinz immer nur von hinten. Sogar einige Tonmitschnitte hatten sie aufgenommen. Was konnte ich da schon tun? Zwei Tage später sollte die Fahrt nach Spanien losgehen.

Vorher habe ich meine Mutter noch dazu gebracht, wieder in den Entzug zu gehen.

Dieses Mal in einem Kloster, völlig abgeschieden. Sonst hätte ich mich endgültig von ihr trennen müssen. Da ist sie jetzt immer noch und fühlt sich sicher und wohl. Es ist zu ihrem Zuhause geworden."

Bernd verzieht sein Gesicht und versucht, sein Bein zu verlagern, was ihm einen Schmerzensschrei entlockt. Ich hole ein Kissen vom Sofa und schiebe es vorsichtig unter sein Bein. Das Blut werde ich nie wieder herausbekommen, geht mir durch den Kopf. Was man in so einer Situation alles Verrücktes denkt, aber jetzt ist sowieso schon alles egal. Ich will von Bernd die komplette Geschichte hören. Nur so kann ich entscheiden, ob ich ihm helfen kann oder will.

„Ich habe dann die Tour gemacht", erzählt er weiter, „bei der ich dann meinerseits heimlich Aufnahmen machte. Ganz demütig und klein habe ich mich gegeben. Wahrscheinlich dachten sie, den haben wir jetzt unter unserem Daumen. Dann folgten noch zwei Fahrten, bei der letzten Fahrt ist alles total aus dem Ruder gelaufen.

Es begann damit, dass uns hinten jemand aufgefahren ist. Nur leicht, es war nichts weiter passiert, nur bei einem Rücklicht war das Glas abgesprungen. Wir schüttelten uns mit dem anderen Fahrer schon die Hände und wollten weiterfahren, als ein Zeuge immer '*Polizia*' und 'Protocolo' schrie. Wir versuchten, ihn zu beschwichtigen und Heinz erklärte ihm, wir hätten einen '*Transporte de Urgencia'*. Das Gerede ging hin und her, es kostete uns fast eine Stunde Zeit. Die tatsächlich angerufene Polizei war natürlich nicht gekommen, mit so einem Kleinkram geben die sich gar nicht ab. Danach sind wir in einen dicken Stau geraten.

Drei Stunden Verspätung hatten wir da schon. Heinz war mit den Nerven völlig fertig und telefonierte fast ständig, ich verstand immer nur *diffizil* und *Problema*. Ansonsten fluchte er laut, beschimpfte mich, beschimpfte die anderen Autofahrer. Ich hatte das Gefühl, er war kurz vorm Platzen. Mich wunderte das, denn die Frau, die wir dieses Mal abholen sollten, war doch in der Klinik in guten Händen, dachte ich.

Die Klinik lag in der Nähe von Cádiz, das ist die Stadt, in der die Fähren nach Marokko an- und ablegen. Das Klinikpersonal holte ihre 'Patienten' von der Fähre ab, in der Klinik wurden sie dann verbunden oder geschient, je nachdem, was sie für angebracht hielten. Die anderen Male waren wir schon da gewesen, bevor sie damit fertig waren. Wir hatten die Patienten sofort eingeladen und waren wieder gefahren. Nun mussten sie die Patientin wegen unserer Verspätung zwischenlagern und darauf waren sie nicht eingestellt. Deshalb herrschte in der Klinik anscheinend Panikstimmung.

Die Patientin war in einer Besenkammer auf eine Pritsche gelegt worden, damit die anderen Patienten nichts mitbekamen. Es gab dort kein Fenster, die Hitze war fürchterlich und es stank erbärmlich nach Erbrochenem und Urin. Wenn die Frau auf der Liege vorher noch gesund gewesen wäre, könnte sie jetzt nur schwerst krank sein. Zwischen Heinz und dem Arzt entstand eine heftige Auseinandersetzung, von der ich kaum ein Wort verstand. Ich mischte mich ein: 'Wir können die Frau nicht transportieren, die stirbt uns unterwegs. Wir haben keine Möglichkeit, ihr zu helfen. Die Fahrt dauert viel zu lange.'

Dem Arzt war das völlig egal. Zwei Männer schoben die Liege in unseren Wagen und zwangen uns, indem sie uns ihre Pistolen unter die Nase hielten, abzufahren. Ziemlich geschockt fuhren wir los, mussten wir ja, ob wir wollten oder nicht. Wenn der Verkehr stockte, fuhren wir mit Horn, und die ganze Strecke mit Blaulicht. Zum Glück hatten wir keine Kontrollen, auch von Belgien nach Deutschland nicht.

Während der Fahrt versuchte Heinz, etwas aus der Frau herauszubekommen. Er hatte ihr eine Infusion gelegt und ihr eine Sauerstoffmaske aufgesetzt. Die Antworten waren nicht zu verstehen, vor allem stöhnte sie unentwegt. Heinz telefonierte wieder hektisch. Beim Tankstopp sagte er zu mir: 'Wir werden gleich nach der Grenze in Deutschland halten. Christian und Gisela übernehmen die Frau in ihrem Wagen.'

Christian hatte ich bis dahin noch nicht kennen gelernt. Ich wusste nur, dass er der Bruder von Gisela ist. 'Was werden sie mit der Frau anstellen? Bringen sie sie in ein richtiges Krankenhaus?', fragte ich Heinz. 'Ich weiß es nicht, ich will das auch gar nicht wissen. Wer viel fragt und so weiter', kam damals von Heinz.

Als wir zurück waren, mit dem innen völlig eingesauten Wagen, fuhren wir gleich in eine Werkstatt. 'Kumpel von mir', hatte Heinz mir erklärt. Gisela hatte uns schon angekündigt. Der Kumpel machte sich sofort an die Arbeit. 'Den könnt ihr ein paar Wochen nicht benutzen, den Gestank bekomme ich so schnell nicht raus.' - 'Wer weiß, ob wir ihn überhaupt noch einmal haben wollen', zuckte Heinz mit den Achseln. Er wirkte schwer angeschlagen.

Danach habe ich in Kiel gekündigt und bin nach Hamburg gezogen. Ich habe keine weiteren Fahrten für sie gemacht. Obwohl sie mich immer wieder bedrängt haben. Es war mir egal, ob sie mich anzeigten. Aber zur Sicherheit habe ich ihnen von meinen Aufzeichnungen erzählt. Die ich bei einem Anwalt hinterlegt hatte, falls mir was passierte. Dann wären sie mit dran gewesen.

Heinz wollte auch nicht mehr fahren. Die Sache mit der Frau war ihm zu heftig gewesen, der Schock steckte ihm immer noch in den Knochen. Bis dahin hatte es anscheinend nie Probleme gegeben. Es hat bei Gisela und ihm schwer deshalb gekracht. Die beiden zogen dann auch nach Hamburg. Dass Giselas Bruder in Hamburg lebte, habe ich erst viel später erfahren. Ich habe auch erst später gemerkt, dass Gisela und Helga, Christians Frau, das Heft in der Hand hatten. Sie hatten alles geplant, sie hatten auch die Kontakte. Sie sind oft zusammen nach Spanien geflogen. Offiziell um Urlaub zu machen. Die meisten Leute haben sie wohl für Nutten gehalten."

„Mit ihrem vielen Bling Bling wundert mich das nicht", kommentiere ich.

„Ich glaube, sie haben nach neuen Wegen gesucht, wie sie die Drogen nach Deutschland bekommen können. Inzwischen hatten sie die in Spanien gebunkert. In den beiden Ferienhäusern, die sie gemietet hatten. Wo, habe ich habe nie gefragt. Ich wollte nichts damit zu tun haben. Selbst zwischen Heinz und mir wurde nicht darüber gesprochen, obwohl wir hier in Hamburg zusammen im Rettungswagen fahren. Es war wie eine stumme Abmachung. Nur einmal war Heinz so sauer, dass er seinem Unmut Luft machte:

'Jetzt haben sie sich bei einem Tierheim eingeschleimt, haben Futter und Geld gespendet. Es gibt Tiertransporte von Spanien, wenn man hier in Deutschland für die Tiere neue Besitzer nachweisen kann. Dann werden im Flugzeug mehrere Boxen mitgenommen und hier werden die Tiere gleich abgeholt, geimpft und mit Chips versehen. Wahrscheinlich wollen sie da ihre Drogen mittransportieren lassen. Aber das kann nicht klappen, die Kontrollen sind zu gründlich.'

Weil sie keine Transportmöglichkeiten mehr fanden, fuhr auch Christian oft mit seinem Range Rover nach Spanien. Immer zur gleichen Zeit, wenn die Frauen da Urlaub machten. Irgendwann muss er da mal den Mund zu voll genommen haben."

„Ein Angeber ist er immer schon gewesen, das habe ich gleich gesehen. Der trug ja fast genauso viel Schmuck wie seine Frau", werfe ich ein.

„Ja, da hast du Recht. Wahrscheinlich wurde er zu gierig und hat zu viel geredet. Das mag keiner in dem Geschäft.

Das damals mit dem Überfall hier, das waren bestimmt Leute aus Spanien. Von sich aus hätte Christian auch nicht die Polizei gerufen. Das waren die Nachbarn. Dass hier wüstes Geschrei und Schüsse zu hören wären.

Jedenfalls haben er und Helga es da wohl doch mit der Angst bekommen. Deshalb wollten sie ganz schnell verkaufen und auswandern. Dass Christian in Spanien im Knast landen würde, hatten sie nicht vorhergesehen. Das eingemauerte Geld konnte er jedenfalls erst mal nicht holen. Seiner Frau und Gisela hatte er nicht gesagt, wo er es versteckt hatte, er traute ihnen nicht. Damit lag er richtig, denn seine Frau ist mit dem Verkaufserlös vom Haus verschwunden."

„Ach, und bei dem Hauskauf kam die dumme kleine 'Büromaus' ins Spiel", zische ich ihn an. „damit du außen vor bleiben kannst, alles auf meinen Namen."

„Nein, nein", protestiert Bernd, „wir kannten uns schon ein paar Monate vorher. Bei dir war es von Anfang an echt. Ich habe mich gleich in dich verliebt. So einen offenen, ehrlichen und fröhlichen Menschen wie dich habe ich noch nie getroffen. Schon als Kind bin ich mit Hinterlist und Gemeinheiten aufgewachsen. Dadurch verändert man sich als Mensch. Man lebt, aber man glaubt nicht, dass es ein gutes Leben ist. Bei dir habe ich sofort geglaubt, alles kann wieder gut werden. Ich kann noch einmal ganz von vorne beginnen, habe ich mir eingeredet. Aber du siehst ja, wo ich jetzt bin, es ist schlimmer als vorher."

Ich hatte Bernd die ganze Zeit völlig verkrampft und wie versteinert zugehört Jetzt stoße ich hörbar die Luft aus und frage: „Aber was hast du dir dabei gedacht, ausgerechnet von denen das Haus zu kaufen, obwohl du wissen musstest, dass da etwas faul sein musste. Ich brauche kein Haus, das weißt du genau. Aber jetzt, in diesem Verbrecherhaus, da läuft es mir kalt den Rücken runter. Bist du sicher, dass Christian nicht noch einmal zurückkommt? Das Geld hat er nun, was könnte er noch von uns wollen?"

„Geld, mehr Geld", höre ich hinter mir Giselas Stimme.

Ich fahre völlig verstört herum.

Da steht Gisela mit einer Pistole in der Hand und diesem gehässigen Grinsen im Gesicht.

Wie war sie herein gekommen? Ich hatte wohl in der Aufregung, als der Kripobeamte an die Tür kam, die Verbindungstür von der Garage nicht verriegelt. Da unser Hund außer Gefecht gesetzt ist und keinen Mucks gemacht hatte, sind wir nun völlig überrumpelt.

„Ach", sagt Gisela mit einem kleinen Lacher, der aber nicht amüsiert klingt, „du kannst ja interessante Geschichten erzählen,

Bernd. Ganz so unschuldig, wie du tust, bist du aber nicht. Ihr habt das Haus sehr preiswert kaufen können, nicht wahr?"

„Ja", stimme ich zu, „weil die Vorbesitzer auswandern wollten und es eilig hatten und weil außerdem einiges am Haus zu machen ist."

„Na ja, das mit dem Machen war so nicht abgesprochen. Auch nicht, dass das Haus auf deinen Namen eingetragen wird. Es war abgemacht, dass Christian das Haus jederzeit zurückkaufen kann und nichts verändert wird. Gut, ihr habt umgebaut, das können wir nicht mehr ändern. Aber jetzt wollen wir das Geld, das ihr bei eurem Umbauen gefunden habt. Und das sofort!!"

„Welches Geld? Ich weiß von nichts, wir haben kein Geld gefunden. Bernd? Stimmt das, dass Christian das Haus jederzeit zurückkaufen kann?", stammele ich.

„Ja, aber ich habe doch nicht damit gerechnet, dass er das Haus wirklich irgendwann zurückhaben will", kommt es gequält. Mein Gesicht hat wohl Bände gesprochen, denn Gisela glaubt mir: „Nein, du hohle Nuss, du weißt wohl wirklich nichts. Aber dein lieber Bernd, der weiß genau Bescheid."

Sie hält mir zwei Kabelbinder hin: „Los, fessele ihn. Obwohl er so tut, als wenn er nicht laufen kann. Aber sicher ist sicher. Mach ihn an der Heizung fest." Sie stößt mir die Pistole in den Rücken, um ihrer Aufforderung Nachdruck zu verleihen.

Ich protestiere nicht, man muss wissen, wann eine Sache verloren ist. Wenn hinter dir jemand mit der Pistole in der Hand steht, ist er immer im Vorteil. Dann hilft kein Gezeter. Ich konnte nur versuchen, die Kabelbinder nicht zu fest anzuziehen.

Ich frage mich, was heute noch alles passieren würde. Wie viel erträgt ein Mensch an einem Tag? Irgendwann schaltet das Gehirn doch einfach ab.

Ich hatte mich inzwischen gefangen und zitterte nicht mehr. „Jetzt kannst du alles machen, was du willst, Gisela. Uns abknallen, uns quälen. Alles kaputt schlagen. Von draußen kann dich keiner sehen, weil ich dumme, hohle Nuss mit der Jalousie alles so schön verrammelt habe." Würde Bernd diesen Wink mit dem Zaunpfahl verstehen und versuchen, an den Jalousienschalter zu kommen? Wir müssen es schaffen, dass sie uns von draußen sehen können!

„Ich habe Zeit und werde das hier ganz in Ruhe erledigen", meint Gisela, „Heinz wird uns jedenfalls nicht stören. Der sitzt zu Hause im Sessel und steht nie wieder auf. Der Idiot wollte euch doch tatsächlich warnen. Aber jetzt, wo Christian wieder draußen ist, wird er sowieso nicht mehr gebraucht. Hat zwar eine Stange Geld gekostet, so eine Flucht aus dem Gefängnis ist nie billig, aber jetzt sind mein Bruder und ich wieder zusammen. Heinz wollte von mir weg, weil er alles herausgefunden hatte, dafür wollte er euren Beistand."

„Ja, er hatte Angst vor dir!", schreit Bernd sie an.

„Ja, solche Luschen wie du und Heinz, die müssen auch Angst vor mir haben." Sie tritt gegen Bernds verletztes Bein. Der japst nach Luft, gibt aber keinen Ton von sich. „Ach, guck mal den Helden an!", höhnt Gisela. „Was machst du denn, wenn ich deiner Süßen auch mal ein bisschen wehtue? Vielleicht weiß sie ja doch, wo das Geld ist?"

„Nein, sie weiß nichts, lass sie zufrieden!", brüllt Bernd sie an. Mir war nicht entgangen, dass er ein Stück zur Seite gerutscht ist, hin zum Jalousieknopf.

Gisela greift in meine Haare und zerrt daran. Da ich aber einen sehr kurzen Haarschnitt habe, hat sie wenig Erfolg. So packte sie meinen Arm und schubst mich gegen die Wand. Ich schreie und jammere laut, um ihre ganze Aufmerksamkeit zu haben.

Denn Bernd rutscht immer weiter in Richtung Knopf, aber es fehlt noch ein ganzes Stück. Ich bete stumm, hoffentlich kommt er trotz der Kabelbinder mit der Hand ran!

„Ach, das Fräulein ist empfindlich", sagt Gisela genüsslich, „ich zeige dir mal, was wirklich weh tut." Sie hebt die Pistole, um mir damit auf den Kopf zu schlagen.

Bernd schreit: „Lass sie, sie weiß nicht, wo das Geld ist. Nur ich weiß das Aber dafür brauchen wir Werkzeug. Hammer, Stemmeisen und Meißel. Das ist in der Garage", sagt er zu Gisela, „du musst es holen, wenn du das Geld haben willst".

„Du bist wohl bekloppt, ich lass euch doch nicht allein hier!"

„Ja, aber ohne Werkzeug geht es nicht, denn ich habe das Geld hinter dem Spülkasten eingemauert. Mit einer dicken Plastikscheibe davor, damit es nicht feucht wird." Er bemüht sich, verschwörerisch zu grinsen. Es sieht eher nach einer Grimasse aus, er muss höllische Schmerzen haben.

„Ganz sicher verwahrt", setzt er leise nach.

„Du kannst mich ja auch fesseln", schlage ich Gisela vor. „Die Füße werden ja reichen, dann kann ich nicht weglaufen."

„Ja, du hast ja so recht", schon habe ich Kabelbinder um die Fesseln. Dann geht Gisela rückwärts aus dem Raum. Solange sie uns noch sehen kann, lassen wir die Köpfe hängen. Erst als Geräusche aus der Garage zu hören sind, robbe ich schnell zu Bernd und drücke auf den Jalousieknopf.

Langsam und geräuschlos fährt die Jalousie hoch. Hoffentlich stockt sie nicht auf halber Strecke, wie sie das manchmal macht. Nein, jetzt tut sie brav ihre Pflicht und läuft ohne Mucken bis nach oben. Ich kann Bernd nur dankbar sein, dass er darauf bestanden hatte, dass wir leichte Gardinen vor die Fenster bekamen. Damals hatten wir einen Riesenstreit deshalb. Bernd wollte unbedingt Stores, damit sei es viel gemütlicher und es könne niemand herein sehen, war sein Argument. Jetzt ist es zum Vorteil: Es fällt nicht so auf, dass die Jalousie hochgezogen ist. Nur leider geht das Wohnzimmer nach hinten raus, die Polizei steht aber vorn auf der Straße. Wie sollten wir sie ums Haus herum bekommen?

„Wir müssen Gisela hinhalten", sagt Bernd, „wenn sie das Geld hat, bringt sie uns um."

„Lass dir was einfallen", raune ich ihm zu.

Bernd sinkt in sich zusammen, als wenn er ohnmächtig wäre.

Als Gisela zurück kommt, erkläre ich ihr: „Bernd braucht unbedingt einen Arzt, lange hält er nicht mehr durch, sieh dir sein Bein an, es blutet immer noch. Jetzt ist er ohnmächtig geworden, wohl wegen des Blutverlustes."

„Da mach dir mal keine Gedanken, der benötigt bald gar nichts mehr. Man soll sich nicht mit Gisela anlegen", grinst sie mich an. So eine hässliche Fratze, denke ich. Was ist das nur für eine Hexe?

„So, mein Herzblatt, wir beide holen jetzt das Geld."

„Wie soll das mit gefesselten Füßen gehen?", frage ich.

Das ist kein Problem für Gisela, sie macht aus drei Kabelbindern eine perfekte Fußfessel, mit Zwischenraum.

Im Badezimmer gibt sie mir das Werkzeug und zeigt auf den Spülkasten. Ich stelle mich ungeschickt an und knalle erst ein paar Mal auf die Spülung, dann erst auf die Mauer. Ich hoffe, Bernd kann inzwischen die Aufmerksamkeit der Beamten wecken.

Gisela tritt von einem Bein auf das andere. „Nun mach schon, du dumme Kuh, ich habe nicht ewig Zeit. Hau endlich mal richtig drauf, nicht so zimperlich." Sie drückt mir ihre Pistole in den Rücken.

„Mach es selbst, ich kann es nicht besser", belle ich sie an.

„Ach, gib her." Sie reißt mir Meißel und Hammer aus der Hand, klemmt den Meißel hinter den Spülkasten und mit einem Schlag hebelt sie ihn raus. Dann folgt die Plastikscheibe.

Und dahinter liegt tatsächlich Geld. Eingeschweißt in einen Gefrierbeutel. Vakuumverpackt, beste Ware, unverwüstlich, schießt es mir durch den Kopf.

Gisela reißt den Beutel eilig auf und zählt. Ich stehe etwa zwei Meter von ihr entfernt. Ich hatte mit dem Gedanken gespielt, ihr mit dem Stemmeisen eins überzuziehen, aber ich würde mich ihr nicht unauffällig nähern können.

Jetzt sagt sie mit hoher, schriller Stimme: „Aber das sind ja nur 50.000 Euro, da fehlen ja 200.000!" Sie reißt mir das Stemmeisen aus der Hand und stürmt zu Bernd. Ich hoppele hinterher.

Gisela tritt Bernd in die Seite und schlägt ihm ins Gesicht. „Du Idiot willst mich verarschen. Du denkst, du kannst es mit mir aufnehmen?" Die nächsten Tritte treffen sein blutendes Bein. „Wo ist das restliche Geld, 200.000 fehlen, wo hast du das versteckt? Los, rede oder du wirst dich wundern."

Bernd jammert laut, sein Kopf pendelt hin und her. „Ich weiß nicht, wovon du sprichst", bringt er mühsam hervor, „das ist das Geld, das ich beim Abriss der Küchenwand gefunden habe. Das andere muss in der Garage gewesen sein und dein Bruder hat es mitgenommen."

„Ja, dein Bruder wird mit dem Geld schon auf und davon sein", ergänze ich. „Dich hat er als Köder für die Polizei benutzt, zur Ablenkung. Hat ja auch geklappt, du bist in die Falle getappt."

„Mein Bruder ist bei mir zu Hause und wartet auf mich und das Geld", erwidert Gisela scharf. „Wir gehen zusammen weg. Ich habe schließlich seine Flucht aus dem Knast bezahlt. Er weiß genau, was er an mir hat. Seine Helga hat sich abgesetzt. Keiner weiß, wo sie ist. Aber wir werden sie finden und dann Gnade ihr Gott." Ihre Stimme kippt jetzt fast über, vor Zorn kann sie kaum noch verständliche Worte formulieren. Ihr Gesicht nur noch eine einzige Grimasse.

„Aber", sagt Bernd mit Mühe, „im Knast verändern sich viele. Woher weißt du, ob du ihm noch alles glauben kannst? Einmal haben sie dich schon beschissen, Christian und seine Frau. Hast Du vom Hausverkauf auch nur einen Cent bekommen? Nein, obwohl es anders ausgemacht war. Hast du wohl vergessen!"

Gisela schnappt nach Luft, ihr Gesicht wird knallrot.

Gleich platzt sie, denke ich. Ihre Augen sind nur noch Schlitze. Sie kommt zu mir rüber, fasst in mein Genick und hält mir die Pistole an die Schläfe. Ich bete innerlich und frage mich gleichzeitig, ob die Polizei wirklich nur vorm Haus Wache sitzt oder sich auch mal bewegt. Hier im Wohnzimmer wären wir für sie wie auf dem Präsentierteller. Was muss denn noch alles passieren, damit die Polizei einschreitet?

Gisela dreht mich zu Bernd: „Wo ist das Geld? Und dieses Mal die Wahrheit bitte. Oder muss ich deiner Süßen erst ein Loch in den Kopf schießen, damit du redest? Du liebst sie angeblich ja so, also mach den Mund auf. Wo ist das Geld?"

„Gisela, sei doch vernünftig", sage ich und versuche ruhig zu bleiben, denn ich merke, ihre Nerven sind bis zum Zerreißen gespannt. „Das Geld hätte Bernd euch geben müssen, das ist richtig. Aber willst du uns beide denn wirklich erschießen, wo Bernd schwört, er hat kein Geld mehr von euch? Und ich wusste wirklich nichts von dem Geld, auch von den 50.000 nicht. Für euch wird es doch so schon schwierig genug, aus Deutschland raus zu kommen. Christian wartet vielleicht auf dich, aber doch nicht ewig. Denn in dem Mauerloch in der Garage waren Reste von einer Plastiktüte."

Ich lüge einfach drauf los. Denn von Plastikresten hatte die Polizei nichts gesagt. Ich will nur Zeit gewinnen. „Du kannst uns doch beide so anketten, dass wir uns nicht bewegen können. Dann habt ihr einen ordentlichen Vorsprung. Ihr kennt doch bestimmt viele Schleichwege, von früher noch. Und Verstecke in Spanien habt ihr mit Sicherheit auch noch. Die Polizei wird ja nicht alle kennen." Ich rede mich richtig in Rage. Ich hoffe auf die Polizei.

In Giselas Gesicht arbeitet es, man sieht ihr an, dass ihr einige Argumente plausibel erscheinen. Dann schreit sie mich plötzlich wieder an: „Du redest zu viel und nur Mist. Du glaubst, du kannst mich an Christian irre machen, das wird dir nicht gelingen."

„Dann rufe ihn doch an", schlage ich vor, „und frage ihn, was du jetzt machen sollst."

„Nicht, bevor ich dich nicht angebunden habe, ganz eng, du sollst es spüren." Das tut sie dann mit Genuss, selbst jetzt kann sie sich ein hämisches Grinsen nicht verkneifen. Erst dann wählt sie eine Nummer. Der Teilnehmer sei zur Zeit nicht erreichbar, bekommt sie zu hören. Sie hinterlässt eine Sprachnachricht und schickt gleich eine SMS hinterher.

Während sie auf eine Antwort von Christian wartet, läuft sie vor uns auf und ab und murmelt vor sich hin: „Melde dich. Wieso gehst du nicht ran? Nun geh schon ran, du Idiot." - „Versuch es doch noch einmal", sage ich, „vielleicht hat er es nicht gehört." Sie wählt Christians Nummer erneut, wieder vergeblich.

Ich begreife diese Frau nicht. „Geh", sage ich ungeduldig zu ihr, „verschwinde doch, solange du es noch kannst. Hau ab! Der von der Kripo kommt bald wieder zurück. Er wollte sich nur noch einmal die Akten über euch von früher ansehen. Ich an deiner Stelle würde mich beeilen."

Gisela flattert mit den Händen und läuft weiter hektisch hin und her. Bernd liegt auf dem Boden uns ist jetzt anscheinend wirklich ohnmächtig.„Nun nimm das Geld und geh endlich", brülle ich sie an.

Oh Gott, denke ich wieder, was für ein Tag. Als wenn ALLES, was einem im Leben passieren kann, auf einen Tag gelegt ist. Hoffentlich wacht unser Hund nicht gerade jetzt auf. Nicht auszudenken, was sie macht, wenn sie uns so sieht. Kaum zu Ende gedacht, höre ich das Knarren vom Hundekorb. Oh Gott, da kommt Bella auch schon angetappert, noch etwas taumelig und desorientiert. Ich schreie sie an: „Geh wieder in deinen Korb! Los, verschwinde! Mach, dass du ins Körbchen kommst! Verschwinde!!"

Bella gehorcht nicht, in ihrem Kopf ist wohl noch nicht alles wieder klar. Aber Gisela dreht sich ruckartig um und sagt „Scheiße". Dann hebt sie die Pistole und schießt auf unseren Hund.

Ich schreie wie wahnsinnig und kann nicht mehr aufhören..

Bella ist nicht gleich tot. Sie schnappt nach Luft und keucht. Sie versucht, zu mir zu kriechen, aber es fehlt ihr an Kraft. „Bitte, bitte, Gisela, erlöse sie", schreie ich. „Was bist du für ein Mensch, da ist ja jedes Tier besser."

Gisela zieht Bella am Halsband zu mir und schmeißt sie über meine Beine. Ich kann nichts für Bella tun, nicht einmal streicheln kann ich sie, weil meine Hände an der Heizung gefesselt sind. Nur reden kann ich mit ihr. Ob sie von meinen sanften Worten noch etwas mitbekommt, weiß ich nicht, denn sie verdreht schon die Augen. Dann ist es, Gott sei Dank, vorbei. Ich heule und jammere wie ein Tier, völlig hysterisch.

Gisela schreit irgendetwas, ich verstehe kein Wort. Mein eigenes Geschrei verstopft mir komplett die Ohren. Ich sehe nur, dass sich ihr Mund bewegt. Und dann, dass sie mit der Pistole auf mich zielt.

Der Schuss geht durch die Fensterscheibe, haarscharf an meinem Kopf vorbei. Danach bin ich erst einmal von dem Knall auf einem Ohr taub.

Und dann wimmelt es nur so von Polizeibeamten in unserem Wohnzimmer. Vermummt und mit Schutzwesten, Maschinenpistolen im Anschlag. Gisela reißt die Augen auf, dreht sich um, die Pistole immer noch in ihrer Hand. Die Polizei schreit „Waffe weg, los legen sie die Waffe weg." Giselas Gehirn scheint gar nichts mehr registriert zu haben, sie hebt die Waffe, als wenn sie abdrücken will. Stattdessen schießt die Polizei. Vor unseren gefesselten Füßen sackt Gisela zusammen, ohne einen Mucks. Kurze gespenstische Stille, dann hektische Betriebsamkeit.

Sanitäter kommen und holten Bernd raus, der sofort ins Krankenhaus gefahren wird. Für Gisela war jede Hilfe zu spät. Der Kripobeamte von vorhin ist auch da. Er kümmerte sich um mich. Er holt eine Decke für Bella und wir legen sie in ihr Körbchen.

„Gott sei Dank, Gisela ist tot,", sage ich, „die kann keinen Schaden mehr anrichten." Nie hätte ich von mir angenommen, dass ich jemals so etwas sagen würde. Aber sie war durch und durch schlecht und verdorben. Unsere Bella zu erschießen, die keinem etwas getan hatte! Ich werde das nie vergessen.

Ich sitze, in eine Decke gehüllt, und zittere vor mich hin. „Was ist mit Christian, Giselas Bruder?", frage ich den Kripobeamten stockend. „War er wirklich bei ihr zu Hause und hat auf sie gewartet? Und ist Heinz wirklich tot?"

„Christian wurde in ihrem Auto an der Grenze nach Belgien geschnappt. Er hatte über 500.000 Euro bei sich und Rauschgift. Er wollte noch schießen, aber die Polizei hat das verhindert." So viel zu Giselas 'Christian wartet auf mich zu Hause'! „Und Heinz haben wir tatsächlich tot im Sessel gefunden. Ich verstehe nur nicht, was sie hier noch wollte", wundert sich der Beamte.

„Das kann ich erklären. Es war im Haus noch Geld versteckt, ihr Bruder hatte sie deswegen hergeschickt. Er hatte ihr nicht erzählt, dass er den größten Teil, den aus der Garage, schon geholt hatte. Als Gisela dann im Badezimmer nur 50.000 Euro fand, war sie sicher, dass wir die fehlenden 200.000 Euro anderswo versteckt hatten."

Dass Bernd die 50.000 in der Küchenwand gefunden und im Badezimmer wieder eingemauert hatte, sage ich nicht.

„Jedenfalls hätte die Frau sie auf jeden Fall erschossen, ohne mit der Wimper zu zucken", meint der Kripobeamte.

„Ja, das hätte sie, sie war vollkommen ohne Gewissen", sage ich. „Aber jetzt möchte ich zu meinem Mann ins Krankenhaus."

Wir werden bei der Version bleiben müssen, dass Gisela von dem Geld im Badezimmer von ihrem Bruder wusste. Er hätte sie wohl geschickt, um das Geld zu holen, weil er wusste, die Polizei würde sie dabei erwischen. Anders hätte er sich nicht alleine mit dem Geld, das er vorher aus dem Versteck in der Garagenwand geholt hatte, absetzen können. Die richtige Version würde Bernd in Teufels Küche bringen. Damit muss Bernd alleine klarkommen.

Ich weiß nicht, was wird. Nur, dass ich dieses Haus ganz schnell verkaufen werde. Es ist kein Heim mehr für mich. Ich würde nur immer an meine tote Bella denke.
Ihre gebrochenen Hundeaugen werde ich mein Lebtag nicht vergessen. Nie wieder schaffe ich mir einen Boxer an.

Was für ein schrecklicher Tag.

Und es regnet schon wieder ...

Zur Autorin

 Das Funkeln eines Schmuckstücks kommt oft aus einem kaum bemerkten Detail. Diese Erkenntnis hat **Rena Brauné** aus ihrem Beruf als Schmuckdesignerin in ihre Lust des Schreibens mitgenommen.In Portugal begann es, als sie und ihr Mann von der Schönheit eines abgelegenen Tals so begeistert waren, dass sie dort sechzehn Jahre ihres Lebens verbrachten. Hier entwickelte sich ihre Leidenschaft für das Schreiben. Mittlerweile lebt Rena Brauné in Norderstedt – und schreibt zur Freude ihrer Leser*innen immer noch!

Informationen zu den bisher erschienenen Büchern von Rena Brauné finden Sie auf den nächsten Seiten.

Weitere Bücher von Rena Brauné

Zuviel ist tödlich

Kadera-Verlag, 2018

188 S., € 9,99

ISBN 978-3-944459-78-3

Zwölf Geschichten von der Schattenseite des Lebens, denn das Böse lauert überall. Ein einziger Tropfen - und das Fass läuft über. Zwar gibt es immer eine Lösung - aber manchmal ist es besser, wenn niemand anderes davon erfährt.

Das Gesetz der Familie

Kadera-Verlag, 2019

248 S., € 14,00

ISBN 978-3-948218-02-7

Geschichten von Familien, die gemeinsam stark sind. Auch dann, wenn

Unerträgliches geschieht. ‚Fremdkörper'
werden einfach eliminiert, nicht immer auf die
freundliche Art. Oft ergibt sich daraus für die
Leser und Leserinnen die Frage: Wie hätte
ICH mich in dieser Situation verhalten?

Ein gefährlicher Freund

BoD, 2020
156 S., € 9,99
ISBN 978-3-7504-5115-5

Der Schriftsteller und seine
Familie, von denen erzählt wird, sind alles
andere als konventionell. Wie weit geht die
Toleranz untereinander? Wie gehen andere
Menschen mit dem ungewöhnlichen
Lebenskonzept um? Ein vermeintlicher
Freund entpuppt sich jedenfalls als
hinterlistiger Feind. Als er die Familie mit
Vernichtung und Tod bedroht, muss der
Schriftsteller einfach handeln.

Schatten der Vergangenheit

BoD, 2020

249 S., € 9,99

ISBN 978-3-7526-0744-4

Das Leben ändert sich für eine Bauernfamilie schleichend (aber radikal), als eine Nachbarin psychisch erkrankt. Was als Hilfsaktion begann, mündet für alle Beteiligten in einer Katastrophe, die weiteres Unheil nach sich zieht. Und das noch Jahre nach dem tragischen Tod jener Frau, deren merkwürdiges Verhalten die Hilfsaktion ausgelöst hatte ...